HÉSIODE ÉDITIONS

MAURICE BARRÈS

Colette Baudoche

Hésiode éditions

© Hésiode éditions.

1 rue Honoré - 93500 Pantin.
ISBN 978-2-493135-52-0
Dépôt légal : Septembre 2022

Impression Books on Demand GmbH

In de Tarpen 42
22848 Norderstedt, Allemagne

Colette Baudoche

Il n'y a pas de ville qui se fasse mieux aimer que Metz. Un Messin français à qui l'on rappelle sa cathédrale, l'Esplanade, les rues étroites aux noms familiers, la Moselle au pied des remparts et les villages disséminés sur les collines, s'attendrit. Et pourtant ces gens de Metz sont de vieux civilisés, modérés, nuancés, jaloux de cacher leur puissance d'enthousiasme. Un passant ne s'explique pas cette émotion en faveur d'une ville de guerre, où il n'a vu qu'une belle cathédrale et des vestiges du dix-huitième siècle, auprès d'une rivière agréable. Mais il faut comprendre que Metz ne vise pas à plaire aux sens ; elle séduit d'une manière plus profonde : c'est une ville pour l'âme, pour la vieille âme française, militaire et rurale.

Les statues de Fabert et de Ney, que sont venues rejoindre celles de Guillaume Ier et de Frédéric-Charles, étaient entourées du prestige qu'on accorde aux pierres tutélaires. On se montrait les héros des grandes guerres sur les places où les officiers allemands exercent aujourd'hui leurs recrues. Les édifices civils gardent encore la marque des ingénieurs de notre armée ; c'est partout droiture et simplicité, netteté des frontons sculptés, aspect rectiligne de l'ensemble. D'un bord à l'autre de la place Royale, le palais de justice s'accorde fraternellement avec la caserne du génie ; les maisons bourgeoises, elles-mêmes, se rangent à l'alignement, et, sous les arcades de la place Saint-Louis, on croit sentir une discipline. Cet esprit s'étend sur la douce vallée mosellane. Depuis l'Esplanade, on devine sous un ciel nuageux douze villages vignerons, baignés ou mirés dans la Moselle, et qui nous caressent, comme elle, par la douceur mouillée de leurs noms : Scy, qui donne le premier de nos vins ; Rozérieulles, où chaque maison possède sa vigne ; Woippy, le pays des fraises ; Lorry, que ses mirabelles enrichissent ; tous chargés d'arbres à fruits qui semblent les abriter et les aimer. Mais les collines où ils s'étagent ont leurs têtes aplanies : c'est qu'elles sont devenues les forts de Plappeville, de Saint-Quentin, de Saint-Blaise et de Sommy.

Les Messins d'avant la guerre, tous soldats ou parents de soldats, vivaient en rapports journaliers avec la région agricole. Les rentiers y avaient leurs fermes, les marchands leurs acheteurs, et la plus modeste famille rêvait d'une maison de campagne où, chaque automne, on irait surveiller la vendange.

Tout cela composait une atmosphère très propre à la conservation du vieux type français. Qui n'a pas connu, médité cette ville, ignore peut-être la valeur d'une civilisation formée dans les mœurs de l'agriculture et de la guerre. Les Lorrains émigrés ne regrettent pas simplement des paysages, des habitudes, une société dispersée, ils croient avoir laissé derrière eux quelque chose de leur santé morale.

Jamais je ne passe le seuil de cette ville désaffectée sans qu'elle me ramène au sentiment de nos destinées interrompues. Metz est l'endroit où l'on mesure le mieux la dépression de notre force. Ici l'on s'est fatigué pour une gloire, une patrie et une civilisation qui toutes trois gisent par terre. Seul un cercle de femmes les protège encore. Instinctivement, je me dirige vers l'île Chambières, et vais m'asseoir auprès du monument que les Dames de Metz ont dressé à la mémoire des soldats qu'elles avaient soignés. C'est une de nos pierres sacrées, un autel et un refuge, le dernier de nos menhirs.

Tout autour de ce haut lieu, le flot germain monte sans cesse et menace de tout submerger. Au nombre de vingt-quatre mille (sans compter la garnison), les immigrés dominent électoralement les vingt mille indigènes. Sous l'effort de cette inondation, l'édifice français va-t-il être emporté ? Le voyageur qui arrive aujourd'hui à Metz distingue, dès l'abord, ce que vaudrait cette ville reconstruite à l'allemande et selon les besoins du vainqueur.

La gare neuve où l'on débarque affiche la ferme volonté de créer un style de l'empire, le style colossâl, comme ils disent en s'attardant sur la dernière syllabe. Elle nous étonne par son style roman et par un clocher, qu'a dessiné, dit-on, Guillaume II, mais rien ne s'élance, tout est retenu, accroupi, tassé sous un couvercle d'un prodigieux vert-épinard. On y salue une ambition digne d'une cathédrale, et ce n'est qu'une tourte, un immense pâté de viande. La prétention et le manque de goût apparaissent mieux encore dans les détails. N'a-t-on pas imaginé de rappeler dans chacun des motifs ornementaux la destination de l'édifice ! En artistes véridiques, nous autres, loyaux Germains, pour amuser nos sérieuses populations, qui viennent prendre un billet de chemin de fer, nous leur présenterons dans nos chapiteaux des têtes de soldats casquées de pointes, des figures d'employés aux moustaches stylisées, des locomotives, des douaniers examinant le sac d'un voyageur, enfin un vieux monsieur, en chapeau haut de forme, qui pleure de quitter son petit-fils… Cette série de platitudes, produit d'une conception philosophique, vous n'en doutez pas, pourrait tant bien que mal se soutenir à coups de raisonnements, mais nul homme de goût ne les excusera, s'il a vue leur morne moralité.

Au sortir de la gare, on tombe dans un quartier tout neuf, où des centaines de maisons chaotiques nous allèchent d'abord par leur couleur café au lait, chocolat ou thé, révélant chez les architectes germains une prédilection pour les aspects comestibles. Je n'y vois nulle large, franche et belle avenue qui nous mène à la ville, mais une même folie des grandeurs déchaîne d'énormes caravansérails et des villas bourgeoises, encombrées de sculptures économiques et tapageuses. En voici aux façades boisées et bariolées à l'alsacienne, que flanquent des tourelles trop pointues pour qu'on y pénètre. En voilà de tendance Louis XVI, mais bâties en pierre rouge, ornées de vases en fonte et couronnées de mansardes en fer-blanc. Ici du gothique d'Augsbourg, là quelques échantillons de ce roman qui semble toujours exciter mystérieusement la sensibilité prussienne. Enfin mille lutins, elfes et gnomes, courbés sous d'invisibles fardeaux.

Je ne ressens aucune émotion de force devant ces façades à pierres non équarries, qui ne sont qu'un mince placage sur briques. Et je n'éprouve pas davantage un joyeux sentiment de fantaisie à voir un maçon tirer de son sac, au hasard, un assortiment infini de motifs architecturaux. Ces constructeurs possèdent une érudition étendue, et, par exemple, un Français voit bien qu'ils ont copié à Versailles d'excellents morceaux, de très bons œilsde-bœuf, des pilastres, des obélisques ; mais ces motifs, juxtaposés au petit bonheur, ne sont pas réduits aux justes proportions, ni exécutés avec les matériaux convenables. Tout ce quartier neuf, qui vise à la puissance et à la richesse, n'est que mensonge, désordre et pauvreté de génie. C'est proprement inconcevable, sinon comme le délire d'élèves surmenés ou la farce injurieuse de rapins qui bafouent leurs maîtres. On croit voir, figées en saindoux, les folies d'étudiants architectes à la taverne d'Auerbach.

Dans un coin de cet immense cauchemar, en contre-bas, sous un pourrissoir de vieux paniers et de seaux bosselés, n'est-ce pas l'ancienne porte Saint-Tiébaud ? Ah ! qu'ils la démolissent, qu'ils lui donnent le coup de grâce, à cette martyre !

On reprend pied, on respire, sitôt franchie la ligne des anciens remparts. Je ne dis pas que ces maisons petites, très usagées, avec leurs volets commodes et parfois des balcons en fer forgé, soient belles, mais elles ne font pas rire d'elles. De simples gens ont construit ces demeures à leur image, et voulant vivre paisiblement une vie messine, ils n'ont pas eu souci de chercher des modèles dans tous les siècles et par tous les climats. Voyez, au pied de l'Esplanade, comme les honnêtes bâtiments de l'ancienne poudrerie, recouverts de grands arbres et baignés par la Moselle, sont harmonieux, aimables. Tant de mesure et de repos semble pauvre aux esthéticiens allemands. Ce pays était épuré, décanté, je voudrais dire spiritualisé ; ils le troublent, le surchargent, l'encombrent, ils y versent une lie. Le faîte des maisons demeure encore français, mais peu à peu le rez-de-chaussée, les magasins se germanisent. À tout instant, on voit racler une façade, la jeter bas, puis appliquer sur la pauvre bâtisse éventrée une armature de fer, avec de grandes glaces où, le soir, des lampes électriques inonderont d'aveuglantes clartés des montagnes de cigares. L'ennui teuton commence à posséder Metz. Et pis que l'ennui, cette odeur avilissante de buffet, de bière aigrie, de laine mouillée et de pipe refroidie.

Certains quartiers pourtant demeurent intacts : Mazelle, le Haut de Sainte-

Croix et les quais où l'on retrouve les aspects éternels de Metz. Les paysans viennent toujours porter aux vieux moulins le blé de la Seille et du Pays-Haut. Les femmes en bonnet gaufré conduisent leurs charrettes pleines de beurre, d'œufs et de volailles. L'hôtel de la Ville de Lyon regorge encore, le samedi, de campagnards venus au marché des petits cochons, sur le parvis de la cathédrale ; et l'auberge de la Côte de Delme reste le rendez-vous des amateurs, quand les maquignons présentent, sur la place Mazelle, les gros chevaux de labour, un tortillon de paille tressé dans la queue.

Suis-je dupe d'une illusion, d'une rêverie de mon cœur prévenu ? Dans le réseau de ces rues étroites, où les vieux noms sur les boutiques me donnent du plaisir, je crois sentir la simplicité des anciennes mœurs polies et ces vertus d'humilité, de dignité, qui, chez nos pères, s'accordaient. J'y goûte la froideur salubre des disciplines de jadis, mêlées d'humour et si différentes de la contrainte prussienne. Un attendrissement nous gagne dans ces vieilles parties de Metz, où dominent aujourd'hui les femmes et les enfants. Elles avivent notre don de spiritualité. Elles nous ramènent vers la France, et la France, là-bas, c'est le synonyme le plus fréquent de l'idéal. Ceux qui lui demeurent fidèles mettent un sentiment au-dessus de leurs intérêts positifs. Si quelques-uns la renient, c'est qu'ils sont asservis par des raisons utilitaires et qu'ils sacrifient la part de la vie morale.

Un jour que je me prêtais à ces influences du vieux Metz, le long de la Moselle, et que je suivais le quai Félix-Maréchal, je vis venir, le nez en l'air et cherchant, semblait-il, un logement à louer, un grand et vigoureux jeune Allemand. L'Allemand classique, coiffé d'un feutre verdâtre, et vêtu ou plutôt matelassé d'une redingote universitaire. C'est l'uniforme de l'immense armée des envahisseurs pacifiques, qui s'est mise en marche derrière les vainqueurs et qui défile depuis trente-cinq ans.

Personne ne le regardait. Il n'éveillait ni l'instinct comique, ni l'hostilité. Il paraissait vraiment banal : un Prussien de plus arrivait, une goutte d'eau dans ce déluge.

Autour de lui, c'était la rivière glissante, ses tilleuls, l'île aux grands arbres que l'on appelle du nom charmant de Jardin d'Amour, la rumeur des moulins et les jeux des petits polissons : tout le vieux Metz d'avant la guerre, où rien ne fait défaut que nos uniformes. Il me rappela d'une certaine manière (avec moins de rayonnement, faut-il le dire ?) ce mémorable portrait, à la fois ridicule et beau, que l'on voit au musée de Francfort, du jeune Gœthe étendu dans la campagne romaine et pareil à un jeune éléphant. Oui, ce nouveau venu, c'était un puissant garçon, mais informe. Et tandis qu'il se balançait, indécis, sous l'écriteau d'un appartement garni, je me pris à penser que j'avais devant moi un phénomène.

Ce qui fournit la matière de tant de livres importants sur l'histoire, sur les races, sur les destinées de la France et de l'Allemagne, était là vivant sous mes yeux.

Le hasard qui m'avait permis d'assister au débarquement de ce jeune Prussien a continué de me favoriser. J'ai pu connaître l'emploi de son temps au cours de sa première année messine. C'est tout un petit roman, plein de sens, qui éclaire d'un jour net et froid l'état des choses franco-allemandes en Lorraine. Il nous a semblé, en le rapportant, que nous relevions le point après un grand naufrage.

Bernardin de Saint-Pierre admire que le célèbre Poussin, quand il peignit le Déluge, se soit borné à faire voir une famille qui lutte contre la catastrophe. Pas n'est besoin de grandes machines. À ceux qui liront le drame sans gloire dont une heureuse fortune m'a fait le confident, je crois que je rendrai sensible la position pathétique de la France, battue par la vague allemande sur les fonds de Lorraine. Mais il faut qu'on me laisse traiter chaque scène amplement, sereinement, sans hâte, d'autant qu'on ne gagnerait rien à passer au tableau suivant : je ne prépare aucune surprise et ne fais pas appel aux amateurs d'aventures. À défaut d'un sentiment profond de la beauté idéale, je voudrais mettre ici un sérieux sans sécheresse, une clairvoyance calme, animée de confiance dans la vie, sinon dans la France.

Cependant, le jeune étranger était entré dans la maison. Au premier étage, une jeune fille lui ouvrit, une demoiselle très simplement vêtue. Il demanda en allemand à voir ce qui était à louer. Elle répondit en français qu'elle allait prévenir sa grand'mère. Et le laissant dans le corridor, elle disparut avec la prestesse d'une jeune chèvre.

– Ce sont des Lorraines, se dit-il avec plaisir, car il rêvait, comme tous les Allemands, d'utiliser son séjour à Metz pour perfectionner son français.

Madame Baudoche était en train de coudre une robe pour une voisine, dans une des chambres garnies. Bien qu'elle fût contrariée de montrer du désordre à l'étranger, elle ne voulut pas le laisser debout dans le couloir, et, d'une très bonne manière, elle le pria d'entrer, de s'asseoir, puis, sans hâte, et l'ayant bien examiné, elle lui fit visiter les deux belles chambres sur la rue, dont elle demandait cinquante marks par mois :

– Vous voyez, disait-elle, que vous serez bien chez vous. Le corridor coupe en deux l'appartement : vous d'un côté, et nous de l'autre, avec la cuisine et les deux chambres que ma petite-fille et moi habitons… Vous aurez un lit à la française et non pas un de ces lits avec des draps comme des mouchoirs… Quel métier faites-vous ? Professeur ? Vous n'avez qu'à passer deux fois la Moselle, sur le pont de la Préfecture et sur le pont Moreau, et, par la rue Saint-Georges, vous tombez droit sur votre lycée.

En effet, un jeune homme ne pourrait pas trouver, dans Metz, une installation meilleure pour son travail. La vue est charmante, et les meubles, qui servent à la famille Baudoche depuis une soixantaine d'années, sans avoir de valeur, sont de bonne qualité matérielle et morale, solides et bien adaptés à la vie modeste d'honnêtes gens. Mais M. le Docteur Frédéric Asmus, plutôt que de regarder le quai, les gravures au mur et les meubles confortables, a souci de s'assurer qu'il fait bien comprendre son français.

D'un ton calme et sérieux, en s'aidant çà et là de quelques mots allemands, il raconte qu'il arrive de Kœnigsberg, qu'il a vingt-cinq ans, qu'il ne gagne encore que deux mille deux cents marks, mais qu'il sera bientôt Oberlehrer, avec un traitement de trois mille marks au moins. Il est mis en confiance par cette atmosphère de modeste intimité, dont un Allemand ne peut pas se passer. Amplement, naïvement, il raconte tout ce, qui le concerne. Sa lenteur met un peu d'ennui dans cette chambre, pleine du joli soleil de septembre ; Madame Baudoche frotte avec la paume de sa main la belle armoire lorraine, bien brodée et de chêne éclatant ; mais après une longue nuit de chemin de fer, le brave garçon paraît ne sentir l'ennui que comme un repos, et l'aimable logeuse doit enfin lui rappeler qu'il a sans doute laissé un bagage à la gare.

Elle l'accompagne sur le palier :

– À tout à l'heure, Monsieur.

– Monsieur le docteur, précise-t-il avec ingénuité, en rappelant le titre auquel il a droit.

Sous le pas qui s'éloigne, l'escalier de bois gémit, et la jeune Colette réapparaît tout égayée de malice :

– Est-il assez lourdaud, Monsieur le docteur ! Quelles bottes et quelle cravate !

– Dame ! répond la grand'mère, il est à la mode de Kœnigsberg.

De leur fenêtre, les deux femmes le regardent jusqu'à ce qu'il ait tourné dans la rue de la Préfecture.

– Crois-tu qu'il revienne ? dit la vieille dame. J'aurais peut-être dû lui demander un acompte.

Elles se rassurèrent en jugeant qu'il avait l'air honnête. Et d'ailleurs pour cinquante marks, où trouverait-il deux chambres aussi confortables ?

Madame Baudoche apporte des draps frais au lit de l'étranger, tandis que sa petite-fille approvisionne d'eau la toilette et déménage le mannequin, avec les corbeilles de couture, dans la salle à manger.

Ce n'est pas sans regret que les deux femmes habiteront, sur l'autre côté du corridor, deux pièces moins bien éclairées. La vue de la Moselle, l'animation du quai, ses arbres et la rumeur des moulins leur faisaient une société agréable. Pour la dernière fois, elles laissent toutes les portes ouvertes, et le soleil qui brille dans les chambres garnies leur paraît un bonheur d'où elles sont exilées.

– Ah ! soupire Madame Baudoche, quelle humiliation pour ton pauvre père, s'il avait imaginé qu'un jour je céderais une partie de l'appartement. Et à qui ? à un Prussien !

– Aujourd'hui, dit la jeune fille, il n'y a qu'eux pour louer des chambres meublées. Personne ne pensera à nous mal juger. Mais si tu veux, nous pouvons encore le refuser.

– Eh non ! fit la grand'mère. Il m'ennuie, mais je l'ai trop désiré.

Pour comprendre cette exclamation, où s'affirmait le vigoureux bon sens de Madame Baudoche, il faut connaître la fortune précaire des deux femmes. Elles vivaient d'une rente de douze cents francs, que leur faisait une famille messine, émigrée à Paris, les V…, en souvenir du père et du grand-père de Colette, qui avaient géré avec une grande honnêteté, puis liquidé au mieux ses immeubles de Metz et son beau domaine de Gorze. À cette pension, les dames Baudoche joignaient le mince produit de quelques travaux de couture ; et pour tirer parti de leur appartement, elles venaient de meubler et de mettre en location les deux meilleures chambres. Mais depuis six mois, personne ne s'était présenté. C'est dire de quel grave souci les allégeait la venue de M. Asmus.

En attendant qu'il réapparût, Madame Baudoche se mit à refaire avec un plaisir franc ses calculs : le Prussien donnerait six cents marks qui payeraient tout le loyer et laisseraient encore un bénéfice de cent marks, pour la dot de Colette. La vieille femme ne se lassait pas de reprendre un rêve, toujours le même, au bout duquel il y avait un mariage pour sa petite-fille avec quelque honnête Messin et le jeune ménage occupant auprès d'elle les fameuses chambres du quai. Elle s'expliquait sans phrases émues (tout en drapant sur le mannequin leur commun ouvrage) avec des mots précis et fermes, qui pourraient sembler trop positifs, mais sous lesquels vivait toujours quelque chose de profond. Et c'était charmant de voir cette grand'mère et cette fille, l'une solide de toutes manières et qui a le poids de l'expérience, l'autre faite à sa ressemblance, mais plus mince de corps et plus vive de ton, mûrir ce modeste bonheur et s'orienter, sans le savoir, à reconstruire dans Metz une cellule française.

Mieux encore que leur dialogue, gêné d'ailleurs par les épingles qu'elles serraient entre leurs lèvres, toute la disposition de ce modeste appartement rendait sensible l'accord heureux des deux femmes. La salle à manger n'offrait à la vue qu'un vaisselier, une table, un fauteuil et quelques chaises. On avait vidé tout le logement pour garnir les chambres à louer. Mais quelques objets bien placés et bien entretenus, au mur un petit bénitier avec sa branche de buis, au milieu de la table une cruche de grès bleu, et sur le plancher très propre deux chaufferettes en cuivre, témoignaient d'une seule et paisible volonté. C'est au lendemain d'une mort, quand un logement a perdu son âme et que ces pauvres choses gisent dans la poussière, que l'on mesure le miracle accompli par ceux qui, d'un tel néant, savent créer plus qu'un décor agréable, un exemple de politesse et de décence. Ici, dans cet intérieur clair, bien ordonné et de bonne odeur, où va pénétrer un Prussien aux grosses bottes entretenues avec de la graisse rance, c'est moins aux dames Baudoche qu'à la tradition messine que va notre pensée. On voudrait que les forces de la vieille cité réagissent contre cet intrus. Hélas ! ces forces ont été brisées ; les dames Baudoche ne peuvent plus compter que sur elles-mêmes, et, pour le moment, elles songent à ne pas manquer un locataire.

Chaque dix minutes, elles viennent se pencher à la fenêtre. Vers cinq heures, elles n'en bougèrent plus. Et, comme elles avaient cessé de travailler, elles cessèrent de causer. Une voisine, depuis la rue, leur demanda si l'Allemand qu'on avait vu monter louait. Elles firent un geste d'incertitude.

Il n'y avait plus sur le quai que deux, trois pêcheurs à la ligne, et une paire de chiens flâneurs. Derrière la Préfecture, le soleil se couchait, et la Moselle, déjà enfoncée dans le noir, glissait en miroitant vers les collines de Saint-Julien et de Grimont. L'allumeur de réverbères passa. Le clocher de Saint-Vincent commença de sonner. Sous le vaste ciel plein de douceur, Metz semblait une petite ville courageuse.

– Eh bien ! dit la grand'mère tristement, il ne revient pas.

– Tant mieux, maman ; il nous aurait empêchées de nous sentir chez nous !

Ces pauvres mots étaient l'abrégé de tout un monde de sentiments, mais si mesurés qu'il faut connaître le manque de déclamation des Lorrains pour en distinguer la tendresse.

Elles se retiraient, quand, soudain, toutes deux joyeusement s'écrièrent :

– Le voilà !

L'homme au chapeau verdâtre s'avançait suivi d'un commissionnaire qui poussait deux malles sur une charrette. Et lui-même, enchanté, loyal, gigantesque, tenait soigneusement un petit paquet.

Deux minutes plus tard, quand il eut gravi l'escalier retentissant, il déplia ce paquet devant les deux dames. C'était de la charcuterie, et il demanda en français si l'on pouvait lui chercher de la bière.

Le lendemain matin, M. Frédéric Asmus déballa ses deux malles, dont la plus grande ne contenait que des livres, et, l'après-midi, vêtu de sa belle redingote, il fit ses visites officielles. Le même jour, il loua un piano pour douze francs cinquante par mois. Cette acquisition obligeait à bouleverser tout le cabinet de travail, et Madame Baudoche, qui tenait à ses meubles, voulut diriger la manœuvre. Les ouvriers partis, elle dut admirer vingt-cinq photographies que l'Allemand avait dispersées sur les murs, la cheminée et les tables.

– Voilà mon père, disait-il ; voici ma mère, mes sœurs, mes frères et ma fiancée.

Sur ce dernier mot, la jeune Colette apparut.

M. Asmus possédait cinq portraits différents de sa fiancée ; mais le plus à son goût, il l'avait placé près de lui sur sa table à écrire.

C'était une femme de vingt-cinq ans, une belle Walkyrie.

– Elle est très intelligente, disait-il. N'est-ce pas que cela se voit dans son regard si ferme ?

Ils étaient deux camarades d'enfance, et il aurait voulu que le mariage se fît dès maintenant. Un de ses oncles s'offrait à les aider d'une petite rente provisoire.

– C'est ma fiancée qui a eu des scrupules. Plusieurs fois, en causant, nous nous sommes aperçus qu'elle avait une connaissance des choses et des gens, une maturité plus grande que la mienne. Alors elle s'est demandé s'il était bien raisonnable que nous nous épousions tout de suite. C'est une chose certaine qu'il est nécessaire, pour le bonheur, que le mari soit supérieur à la femme et que celle-ci trouve en lui, chaque jour, des motifs nouveaux de l'estimer et de s'enorgueillir. J'ai dû me rendre à ses raisons. Oui, je dois acquérir dans la pratique de la vie plus d'expérience, afin que je n'aie pas à rougir devant elle.

La petite Messine, qui le regardait avec effarement, l'interrompit d'un mot du cœur :

– Vous l'aimez bien pourtant, Monsieur le docteur ?

Madame Baudoche admira combien les jeunes gens de Kœnigsberg étaient sages. Et lui, il ne se douta pas que les deux femmes le quittaient pour mieux rire. En achevant d'installer ses livres, il se réjouissait de s'être si bien fait comprendre.

Lorsqu'on apprit, dans le petit monde de clientes et de voisines où vivaient les dames Baudoche, qu'elles avaient loué à un Allemand, on vint se renseigner, les interroger. Colette raconta quel drôle de fiancé était ce professeur. Il arriva juste au milieu de leurs éclats, et la jeune fille lui dit :

– Il faut que je vous présente notre voisine, Madame Krauss. Elle habite l'étage au-dessus. Vous rencontrerez quelquefois chez nous son petit garçon et sa petite fille, qu'elle nous laisse quand elle travaille dehors.

Le professeur expliqua comment, à Kœnigsberg, les demoiselles de bonne famille passent une partie de leurs journées à garder, dans des jardins, les enfants des pauvres qui sont à leur travail.

– Votre fiancée s'en occupe ?

– Oui, Mademoiselle ; de cette manière, elle a pu acquérir une grande connaissance des caractères, et, comme je vous ai dit, l'expérience de la vie.

— Eh bien ! repartit Colette, je vous ferai connaître les deux bons petits Krauss : un garçon de cinq ans et une fille de huit. Ils vous donneront, tant que vous voudrez, l'expérience de la vie, en français ou en allemand, à votre choix.

Et ces Lorraines de se gausser, derrière leurs airs admiratifs. Mais Madame Baudoche fit des reproches à la malicieuse Colette, car il ne convient pas qu'une jeune fille se moque d'une confidence d'amour. Et, surtout, il est dangereux de bafouer un locataire.

Toutefois, l'une et l'autre s'accordaient à trouver qu'il était un animal de la grosse espèce. Tandis qu'elles prenaient des précautions pour ne pas gêner son travail, lui, entre onze heures et minuit, il rentrait sans savoir qu'il faisait claquer les trois portes de la rue, de l'appartement et de sa chambre. Les services qu'il désirait, il les avait énumérés comme les articles d'un règlement. À midi, il mangeait au restaurant avec ses collègues ; le soir, ces dames lui procuraient de la charcuterie, du thé ou de la bière ; chaque matin, à sept heures, Madame Baudoche devait lui apporter son café au lait dans sa chambre. Le troisième jour, il lui dit :

— Madame Baudoche, je vous ferai observer que vous êtes en retard de quatre minutes.

— Ce sont tous des pédants, déclara-t-elle à sa fille.

La vieille Messine avait trouvé le mot juste. Et précisément ce dimanche matin, M. Asmus avait rendez-vous avec des collègues pour une partie de pédantisme.

Ces messieurs voulaient l'initier méthodiquement au pays messin. Et, fidèles au principe qui veut qu'un voyageur, dans une ville nouvelle, monte d'abord au clocher, ils avaient projeté de gagner le haut village de Scy.

Vers neuf heures, tandis que la grand'messe sonnait à toutes les paroisses, ils gravirent les pentes du fort Saint-Quentin, au milieu des vignes et des ronces ; et parfois, le long des murs, la clématite embaumée et les poiriers lourds de fruits se penchaient. Quelques paysans qu'ils croisèrent dans l'étroit sentier pierreux plaisantaient, causaient en français, ce qui étonna M. Asmus. Ses amis lui dirent :

– Ces gens-là ! Ils apprennent l'allemand à l'école, puis ils vont au régiment ; eh bien ! rentrés chez eux, ils se mettent à parler leur patois français.

Ils ajoutèrent à cette explication des propos violents contre les indigènes, et l'on voyait que le traité de Francfort n'a pas mis fin à la guerre dans le pays messin.

Ces professeurs étaient tous venus en Lorraine avec l'idée d'y trouver un peuple satisfait de la conquête et ils ressentaient une sourde irritation de se voir évités par les vaincus. Aussi écoutaient-ils avec complaisance l'un d'entre eux, pangermaniste fougueux, affilié à la vaste association qui compte sur la force pour assurer la domination universelle de l'idéal allemand.

M. Asmus ne demandait qu'à s'enorgueillir avec ses compagnons de la victoire de leurs pères, mais il se préoccupait surtout d'en tirer parti, et quand le pangermaniste cherchait le meilleur moyen d'empêcher les Lorrains de parler leur langue, il aurait trouvé plus intéressant qu'on lui dît de quelle manière il pourrait les fréquenter et perfectionner son français.

Ils gagnèrent ainsi l'étroite terrasse où la petite église, couverte de ses longues ardoises, est assise au milieu d'arbres ébouriffés.

Devant eux s'étendait un pays à la mesure humaine, vaste sans immensité, façonné et souple, et, près de sa rivière, Metz, toute plate au ras de la plaine, et que spiritualise le vaisseau de sa haute cathédrale.

Cette fin de septembre est l'époque la plus charmante de la Lorraine. Peu de pluie, du vent rarement, une température stimulante et les vignes à la veille d'une joyeuse vendange. Ce matin-là, le ciel, les miroirs d'eau, les prairies composaient un de ces paysages d'automne lorrain où les couleurs les plus éblouissantes d'argent et de vert s'harmonisent pour nous procurer un long repos de rêverie.

Ils n'en comprirent pas la délicatesse et s'accordèrent à proclamer qu'ils avaient dans la vieille Allemagne de plus grands paysages.

Il manquait à ces jeunes gens, venus d'un ciel où la Walkyrie chevauche les nuages, d'avoir été élevés à sentir qu'il y a dans la simplicité de notre nature une suprême élégance. Et puis ils ne distinguaient rien des trésors spirituels qui reposent dans les terres étendues sous leurs yeux. Certes, pour eux, ce panorama n'est pas vulgaire : c'est celui de leur victoire. Mais cette idée constante, à la longue, est trop simple. Si je circule parmi ces douceurs mosellanes, j'y trouve des images qui sont d'humbles amies de mon enfance et que mon cœur ne peut revoir sans attendrissement. Elles m'emplissent d'un courage paisible où je prends une force égale pour agir et pour renoncer. Mais un jeune Prussien tout neuf, que peut-il glaner derrière nos pères et sur des champs qu'ils ont aménagés ? Il nie et désire détruire ce fils de vainqueur, tout ce qui ennoblit cette terre et peut y produire une fermentation. Où je trouve mon équilibre et ma plénitude, il ne s'accommode pas.

Ce premier dimanche qu'il monta sur le plateau de Scy, le professeur Asmus, mal éveillé à cette nouvelle atmosphère, gardait une solide santé allemande. Il ne subissait pas encore cette électricité lorraine qui attire, repousse, désoriente les gens d'Outre-Rhin. Il ne connaissait pas d'une manière vivante le problème qui émouvait ses amis, le problème du devoir et de la destinée d'un loyal Allemand en Alsace-Lorraine. Aussi n'était-ce que pour la joie du rythme, avec la candeur d'un enfant qui ne voit pas le danger, qu'à la descente il se joignit à ses camarades et entonna la « Chanson du Rhin », le beau lied où, une fois de plus, les races de là-bas ont trahi leur désir et leur effroi :

Au Rhin, au Rhin, ne va pas au Rhin,
Mon fils, mon conseil est bon.
La vie t'y paraîtra trop douce,
Ton humeur y deviendra trop joyeuse.

Tu y verras des filles si vives et des hommes si assurés !
Comme s'ils étaient de race noble !
Ton âme, ardemment, y prendra goût,
Et il te semblera que ce soit juste et bien.

Et dans le fleuve la nymphe surgira des profondeurs,
Et quand tu auras vu son sourire,
Quand la Lorelei aura chanté pour toi de ses lèvres pâles,
Mon fils, tu seras perdu.

Le son t'ensorcellera, l'apparence te trompera,
Tu seras pris d'enchantement et de terreur,
Tu ne cesseras plus de chanter : au Rhin ! au Rhin !
Et tu ne retourneras plus chez les tiens.

Cette chanson exprime le rapport de ces jeunes Allemands avec cette vallée d'une manière plus profonde que M. Asmus ne peut le savoir à cette heure. Mais cette terre nouvelle va très vite l'avertir. Il écoute, regarde ; tout l'intéresse ; il porte ici la complaisance de ces pèlerins du Nord qui, descendus vers les contrées bénies, sur la rive du lac de Garde, s'émerveillent des premiers oliviers.

Un jour que M. Asmus traversait le Jardin d'Amour, il s'arrêta pour y regarder la récréation des enfants : beaucoup de petites figures encore villageoises, coiffées de casquettes ; des tabliers bleus, de longs cache-nez. Ils formaient dans cet espace assez étroit, sous les grands arbres auprès de la Moselle, vingt groupes excités par des jeux divers. Ici une file courait à la queue-leu-leu ; là un isolé, les mains dans ses poches, dansait pour se réchauffer ; cet autre s'élance sur le dos d'un camarade-cheval, qui part au galop, fouaillé par un palefrenier ; un brutal rosse un malhonnête, qui vient de lui chiper une agate ; une bande accourt indignée. Deux gamins se balancent sur une poutre ; un petit malheureux, qui s'enfuit derrière un abri, heurte et culbute dans un tourbillon de chats perchés ; soudain un meeting se forme ; et sur le tout, une clameur.

Frédéric Asmus admirait cette vivacité et cette gentillesse avec un cœur pacifique de géant. Dans cette diablerie lorraine, il ne reconnaissait pas encore un des Callot qu'il examinait, chaque jour, à une vitrine de la rue des Jardins, soit la Foire de l'Impruneta, soit la planche des Supplices, où le maître de Nancy, en gravant tout un océan de petites figures qui se pressent, courent à leurs affaires et se mêlent sans se confondre, a prouvé que le sujet le plus ample peut tenir avec toute sa force dans l'horizon le plus réduit. Il songeait avec bienveillance que ces petits garçons feraient de bons et loyaux Germains, et que c'était son digne rôle de professeur de leur apporter une vie plus large, plus vertueuse, une vraie renaissance.

Mais soudain l'un d'eux vint à glisser et parut s'être blessé. Ses camarades, qui l'avaient poussé, l'entourèrent en baissant la voix. L'Allemand s'approcha et dit en français :

– As-tu mal ?

– Non, non, répondit vivement l'enfant.

C'était un joli petit Messin, mais déjà avec le regard de l'homme qui ne se laisse pas molester. Il avait sous le nez et sur le menton deux moustaches et une magnifique impériale, tracées avec un bouchon brûlé, comme c'est l'usage des gamins de Metz quand ils jouent aux soldats. Son genou saignait d'une bonne écorchure. L'Allemand prit dans son portefeuille une bande de taffetas anglais. Mais le petit ne voulait pas qu'il le touchât. Et comme un rassemblement se formait, le professeur lui dit :

– N'aie pas peur… Sais-tu bien qui je suis ?

Il voulait faire entendre qu'il était un maître, un ami des enfants, mais le petit Lorrain de répondre :

– Toi, tu es le Prussien de chez Madame Baudoche.

Ce mot et les rires, qui l'avaient accueilli furent la première expérience lorraine que le professeur enregistra. Il en fit toute une série de réflexions dans une lettre à sa fiancée.

« Mes collègues, lui écrivait-il, m'avaient un peu choqué, l'autre matin, durant la promenade que je t'ai racontée, par leur malveillance envers les habitants de ce pays. Mais voici que ma petite aventure avec ce gamin me fait reconnaître qu'ils raisonnent sur des faits. T'avouerai-je que les rires de ces badauds n'ont pas été sans m'attrister ? Je laisse de côté la question du ridicule personnel ; mais j'ai vu méprisé un sincère mouvement de mon cœur. Je crois qu'ici l'on se moque de tout. »

Pourtant ce n'était là qu'une note isolée au milieu des sensations agréables que M. Asmus recevait de toutes parts.

Des détails matériels qui ne disent rien aux indigènes l'étonnaient et l'enchantaient. Ainsi le premier feu de bois qu'à la fin de septembre il alluma dans sa cheminée. Pour ce Prussien qui n'a jamais vu que des poêles, c'est une nouveauté et un plaisir de corriger les copies de ses élèves, assis dans un commode fauteuil Empire, tandis qu'une douce flambée anime et fait briller les meubles bien frottés. Assurément, s'il jouit de la bonne aération de sa chambre, ce n'est pas qu'il en soit déjà à mépriser la sauvage coutume de ses compatriotes qui, dépourvus de draps et de couvertures, transpirent depuis des générations sous le même édredon immense. Et de même, s'il se plaît à promener son regard dans un logement où les murs n'offrent pas des assiettes en carton décorées d'hirondelles, où la cheminée ne s'enorgueillit pas d'hommes illustres en plâtre badigeonnés de bronze, où même fait défaut le fameux bouquet Mackart, composé de grandes gerbes qu'affectionne la poussière, ce n'est point qu'il se rende compte de l'absurdité de ses compatriotes, qui ont la manie de tout couvrir d'une camelote de bazar où l'œil ne s'accroche à rien. Mais à son insu, dans ce garni messin, il subit l'agrément d'une certaine supériorité d'hygiène et de goût. Et à vrai dire, il n'y fallait pas voir une réussite de l'excellente Madame Baudoche, mais plutôt l'effet modeste d'une vieille civilisation.

Le caractère de cet intérieur était donné par une armoire lorraine, en beau noyer bien poli, de style Louis XV, avec ses portes moulurées, ses minces fleurs sculptées en relief et ses longues entrées de serrure en fer ajouré. M. Asmus n'était pas à même de goûter ce chef-d'œuvre de menuiserie fine et rustique. Mais il avait remarqué, dès le premier moment, sa pendule où Napoléon tenait le petit roi de Rome sur ses genoux, et aux murailles quatre belles gravures : le Serment du jeu de Paume par David, un portrait de M. Thiers, libérateur du territoire, et puis deux belles œuvres d'un artiste romantique, peu connu hors de sa ville natale, Aimé de Lemud, représentant, l'une, un jeune Callot qu'une belle bohémienne entraîne vers l'Italie, l'autre, le Cercueil de l'Empereur porté sur les épaules de ses grenadiers et qu'accompagne, comme un vol d'ombres, la Grande Armée sortie des tombeaux.

M. Asmus trouvait pittoresque, amusant, d'être enveloppé d'images françaises, comme d'avoir les oreilles battues par des mots français. Il attendait un grand profit de cette atmosphère si nouvelle. Jusqu'au fond de sa chambre, il participait à la vie de ce vieux quartier, à l'animation du quai et de la rivière. Il aimait à regarder le frémissement de l'eau, les grandes herbes mouvantes, les barques et les brouillards. Et quand il travaillait à sa table, il avait encore une complaisance pour le bruit de la fontaine emplissant le seau des servantes, pour les ébats des gamins et même pour l'aboiement des bons chiens autour de leur maître. Il s'exerçait à reconnaître le martèlement discipliné du pas germain ou le glissement plus libre des indigènes. Il écoutait sans impatience, à travers la cloison, le bruit régulier de la machine à coudre des dames Baudoche, et multipliait les occasions de frapper à leur porte, de leur demander un objet, un petit service.

– Qu'il est indiscret ! pensait la vieille dame.

Mais elle mettait son amour-propre de ménagère à ce qu'il ne manquât de rien, cependant que la jeune Colette disait avec bonne grâce les bonjours et les bonsoirs classiques.

Cette urbanité trompait M. Asmus qui n'était pas né pour comprendre les nuances. Avec sa bonne nature un peu épaisse, mal dégrossie, il appartenait à cette espèce de fâcheux qui croient que la franchise et la cordialité ont tous les droits. Peut-être aussi jugeait-il qu'un professeur honore une loueuse de garni, s'il veut créer avec elle une honnête familiarité.

Parfois, à la fin de la journée, il faisait une promenade. Il sortait de la ville et s'en allait seul, au hasard, dans les proches alentours. Il marchait volontiers de long de la Moselle ; il se plaisait à la douceur de l'eau bruissante et des voix traînantes qui parlent français, il écoutait glisser le son des cloches catholiques sur les longues prairies, il voyait au loin les villages se noyer dans la brume, et se laissait amollir par ces vagues beautés. Dans une de ces courses, son regard passa avec indifférence sur l'humble château aux quatre poivrières où mourut le maréchal Fabert. Quand l'harmonie des objets matériels avec leur sens moral est parfaite, celui qui les contemple en reçoit un merveilleux plaisir de sérénité, mais le jeune promeneur ne savait pas distinguer les âmes du pays messin. D'autres fois, il montait sur la route de Sainte-Barbe, au-dessus des vignes fameuses, toutes rouges à cette saison, qui pressent, recouvrent le village de Saint-Julien, parsemé d'arbres fruitiers. Dans la brume, les grands peupliers, les eaux de la Moselle, les prairies, les clochers bruissants de Metz se liaient, devenaient un seul corps solide et délicat, le signe d'une pensée inexprimable. La pensée messine remplissait l'horizon, rosée sur des pâturages paisibles, et nuancée par les derniers feux du soleil qui se couchait en France, derrière le fort Saint-Quentin. Frédéric Asmus pressait le pas pour revenir au grand feu clair de son logis lorrain ; il croisait des cyclistes, les cloches sonnaient à Saint-Julien, le ciel et les chemins rougeoyaient de ce crépuscule prolongé. Ce jeune étranger, qui ne s'était pas encore fait d'amis, eût été heureux d'avoir quelque objet vivant avec qui, en toute sympathie, parler de ce pays, de sa famille et de sa patrie.

C'était l'heure qu'il choisissait le plus volontiers pour écrire à sa fiancée, en attendant que Madame Baudoche lui apportât son thé et sa charcuterie. À cet instant du souper, la vieille dame se laissait aller à causer avec plus d'abondance. M. Asmus faisait des phrases pour employer les mots de son vocabulaire. Il priait qu'elle les rectifiât, et s'exclamait sur les délicatesses de la langue. Le tout avec un tel plaisir qu'il eût volontiers oublié que ses collègues l'attendaient à la brasserie.

Un soir, l'heure venue de les rejoindre, il ouvrait la porte du palier pour sortir, quand une petite fille se glissa dans le corridor, comme une souris, suivie d'un plus petit garçon. Il saisit le bonhomme par la main et commença de lui demander son nom. Mais l'enfant l'entraîna vers la cuisine, et, sur le seuil, M. Asmus aperçut Mademoiselle Colette, toute rougie par la pleine lumière du fourneau, et qui, sans s'interrompre de casser des œufs, dit gaiement :

– Tu ne crains pas le Monsieur : ta maman vous a déjà conduits à l'autel de saint Blaise, qui guérit de la peur.

Les deux enfants, muets et serrés contre leur amie, surveillaient, avec une extrême vivacité du regard, les mouvements de l'étranger.

– Ce sont les petits Krauss, expliqua la jeune fille. Leur père est votre compatriote. Il a épousé une Messine que vous connaissez déjà. Aujourd'hui, elle est dehors, et je leur prépare une fameuse soupe. Colette avait le don de plaire et d'éveiller un sourire sur le visage de tous ceux qui la regardaient. Ce digne et loyal Germain, qui n'avait jamais cherché auprès de cette petite Lorraine que l'art de prononcer les mots, s'attardait devant cette humble poésie confiante, et pensait :

« Cela, c'est une scène digne d'une jeune fille allemande. »

Sur la fin du mois, en réglant son premier terme, M. Asmus demanda à Madame Baudoche s'il ne pourrait pas, de temps à autre, après le souper, venir faire un bout de causerie. La logeuse craignit, si elle repoussait ce désir, que l'Allemand n'émigrât dans les quartiers neufs ; et le seize octobre, vers huit heures et demie, M. Frédéric Asmus, au lieu d'aller à la brasserie, passa dans la salle à manger de ces dames, qui avaient terminé leur repas et mis en ordre leur ménage.

Tous trois s'assirent autour de la table ronde et sous la lueur de la lampe. Le professeur avait fait monter de la bière : il en offrit à ses hôtes, qui n'acceptèrent pas. Colette avait enlevé son tablier de travail ; elle était penchée sur un ouvrage de couture, et la lumière l'éclairait doucement. La grand'mère, de temps à autre, interrompait sa besogne pour regarder l'étranger et marquer quelque sympathie à ses efforts de prononciation. Et lui, sa pipe à la main, en face d'une cruche de bière, dont le couvercle d'étain portait gravés les insignes de son ancienne corporation d'étudiants, il faisait vraiment un prodigieux bibelot.

La conversation fut d'abord difficile. Mais M. Asmus fixant les yeux sur le vaisselier, couvert de belles assiettes et gloire de la pièce, fit une remarque. Il observa que les volets et les tiroirs étaient ornés des mêmes pampres que l'armoire de sa chambre. Ce fut une occasion pour Madame Baudoche d'expliquer que le mobilier populaire lorrain se compose de l'armoire, du vaisselier, du pétrin, de la table, du lit et des chaises, et qu'il emprunte ses motifs décoratifs à la flore du pays.

Au château de Gorze, certes, la famille de V… possédait des meubles en bois de rose et de violette ; et il en allait de même dans toutes les grandes familles messines ; mais les gens de goût appréciaient aussi les meubles de campagne bien construits.

M. Asmus, qui s'était levé pour mieux examiner le bahut et les assiettes, dit que tout cela ressemblait à l'art populaire allemand.

– Ah ! vous croyez ! s'écrièrent les dames.

Il y eut un silence que M. Asmus eut peine à comprendre. Il revint s'asseoir muet et réfléchissant.

Après quelques tâtonnements, Metz leur fut un thème inépuisable de causeries. Le professeur admirait les immenses quartiers neufs, tout autour de la gare.

– Monsieur Asmus, demandait Colette, pourquoi avez-vous mis sur votre gare des tuiles vertes ? Les vaches des paysans ont envie d'y brouter.

– Et l'Esplanade, disait la mère. C'est malheureux d'avoir dépensé tant d'argent pour la gâter. Des fontaines où l'on voit des grenouilles, debout sur leurs pattes de derrière, qui dansent en buvant des chopes ! Passe encore dans une brasserie, mais sur un monument public ! Cela manque de dignité. Et l'écusson de Metz ! Vous le faites tenir par des crapauds ! la belle innovation !

Ces dames répétaient là des plaisanteries qu'elles avaient lues dans leur journal, car les vieux Messins ne tarissent pas sur le style néo-schwob. Mais sous ces arguments empruntés, il y avait toute leur sensibilité. Espacées de cinquante ans sur une même tradition, la grand'mère et la petite-fille résonnaient des mêmes chocs. Ce qu'elles sentaient très bien, et ne savaient pas dire, c'était à peu près ceci :

« Vous anéantissez des aspects qui sont liés à toutes nos vénérations. Vous coupez les arbres et comblez les puits de notre Lorraine morale. Et les formes que vous construisez, nous n'y avons pas de place. »

Madame Baudoche aimait l'ancien Metz, les vieux remparts, leurs fossés remplis d'eau de la Seille et de la Moselle, leurs ombrages de peupliers sous lesquels, tant de dimanches, elle avait vu galoper les jeunes officiers de l'École d'application. Toutes les maisons, hôtels aristocratiques ou modestes demeures, lui racontaient des vies messines, du courage, de l'honneur et des mœurs courtoises. Il y a des faits locaux, chargés d'âme, qui restent en dehors de l'histoire, seulement parce que personne n'est là pour les écrire. La vieille femme les avait vus et retenus. Tout au long du dix-neuvième siècle, elle savait mille aventures de guerre, d'amour et d'argent, des romans, des faillites et des fortunes surprenantes, une suite d'anecdotes vivantes et de portraits, des commérages, si vous voulez, mais qu'un Stendhal eût aimés.

Peut-être que Colette aurait d'elle-même jugé que c'étaient des histoires ressassées, des ravottes, dirait-on là-bas ; mais elle les entendait avec plaisir, en voyant qu'elles faisaient admirer sa mère par cet étranger. M. Asmus écoutait, bouche bée, comme il aurait suivi le cours de quelque maître autorisé. Il entrevoyait une civilisation nouvelle pour lui, et toute fière. Il aurait volontiers prolongé, dans la nuit une conversation si instructive. Mais entre dix heures moins cinq et dix heures précises, la petite cloche d'argent, qu'on nomme Mademoiselle de Turmel, sonnait le couvre-feu à la cathédrale, et Madame Baudoche se levait. Les deux femmes souhaitaient bonne nuit au locataire et se retiraient dans leur chambre.

Au dehors, il pleuvait, neigeait, et les fouettées brutales du vent lorrain, un vent guerrier auquel rien ne résiste, battaient les rues étroites, souvent salies d'un noir dégel. Mais la pluie, le vent, la boue aident l'imagination à ramener sur un paysage et sur un édifice le temps jadis.

Le professeur s'en allait voir méthodiquement, de-ci de-là, dans Metz, ce que lui signalaient ses manuels. Telle était sa conscience que, sous la porte Serpenoise, il s'arrêtait pour entendre le pas des légions romaines qui arrivaient de Scarpone. En haut de Sainte-Croix, il ne douta pas que la tour Saint-Livier ne fût le palais même des rois d'Austrasie. L'un des premiers, il admira la chapelle des Templiers dégagée par la destruction de la citadelle. Sous les basses arcades Saint-Louis, les petits commerces de casquettes, de chaussures et de lunettes ne l'empêchèrent pas de voir les changeurs lombards du moyen âge. Et quand il visita la charmante église romane de Saint-Maximin, où Bossuet a prêché contre les protestants avec la manière d'un général refoulant une armée ennemie, il lui vint un désir d'entendre ces fameux orateurs français.

Au milieu de ces courses, il rencontrait à tout moment les innombrables wagonnets aux essieux criards qui transportent les décombres des vieux remparts, jetés bas à coups de mines. Il en recevait une vague inquiétude. Il entrevoyait confusément qu'à Metz il a existé une société polie, une forme de culture qui s'en allait avec cette citadelle. Ses collègues voyaient-ils tout à fait juste en se félicitant de ces ruines ? Pour sa part, il se réjouissait des nombreux renseignements qu'il pourrait accumuler, grâce à sa logeuse, sur une période en démolition que ses livres ne contenaient pas. Et le soir, fort excité, il multipliait ses questions.

Madame Baudoche se prêtait avec complaisance à cette curiosité. Parfois, cependant, les paroles de l'Allemand venaient effleurer ce qu'il n'est pas permis aux étrangers de connaître… Alors elle se taisait. La vieille Messine avait vu les malheurs du siège et les convulsions de la journée du 20 octobre 1870, où fut affichée la proclamation de Bazaine à l'armée du Rhin, tandis que les régiments signaient des protestations pour demander à se battre, et que des bandes d'ouvriers et de bourgeois parcouraient les rues avec des drapeaux, sous le tocsin de tous les clochers. Mais de cela on ne parle jamais avec un homme d'Outre-Rhin, pas plus qu'en dehors d'une famille on ne raconte comment le père a rendu l'âme.

D'ailleurs, ces dames ne vivaient pas exclusivement, comme leur locataire, dans le royaume des méditations historiques. Il arrivait souvent que les petits Krauss descendaient pour attendre leur mère. Colette se livrait avec eux à une sorte de blague, à la fois douce et un peu sèche, comme pour former des enfants de troupe. Puis Madame Krauss arrivait, et la conversation, se détachant plus encore de M. Asmus, semblait délestée, délivrée, et courait à travers les rues de la ville. Ces dames passaient en revue tout leur petit monde messin, et, oublieuses du professeur, qui se taisait, elles ne respectaient pas toujours sa délicatesse nationale.

Madame Krauss avait une verve naturelle excitée et un peu aigrie par les déboires de son mariage avec un Allemand. Celui-ci portait à la brasserie tous ses salaires ; elle y suppléait en aidant au ménage chez un conseiller intime. Et, sur le luxe apparent de ce ménage étranger, elle rapportait régulièrement mille quolibets, anecdotes et mépris qui faisaient la joie du quartier.

Monsieur le Conseiller avait un fumoir et un cabinet de travail ; Madame la Conseillère, deux salons ; mais les trois fraülein couchaient dans une seule chambre, grande comme la main, meublée de lits misérables et d'armoires de quatre sous. On donnait de grands dîners d'apparat, mais à l'ordinaire on se nourrissait de charcuterie. C'était au sujet de la bonne, la pauvre Minna, que s'épanouissaient avec le plus de force les dégoûts de Madame Krauss, soit qu'elle racontât comment Minna s'arrangeait pour ne pas mourir de faim avec les dix pfennigs qu'on lui laissait, les soirs de liberté, soit qu'elle jouât la scène de Madame la Conseillère disant à la pauvre servante : « Ma fille, c'est à choisir, vous aurez quinze marks avec la clef ou vingt marks sans la clef. » Et Minna avait pris la clef, la clef de la rue s'entend, car elle avait un pays dans les dragons.

– Quelles mœurs ! disaient les trois femmes devant M. Asmus accablé.

Et Madame Baudoche se chargeait de tirer la moralité pour tous, en disant qu'on en avait connu de vrais riches avant la guerre !

Madame Krauss remontée chez elle, et l'atmosphère plus apaisée, le professeur convenait de l'orgueil des fonctionnaires et disait :

– Ils ont la mauvaise habitude de tout dépenser pour la façade, ils se corrigeront.

Et puis il ne fallait pas juger le peuple allemand sur une poignée de parvenus, sortis de leur milieu naturel. À Metz, il le voyait bien, on avait de l'argent depuis longtemps…

– Avant la guerre, Monsieur le professeur, nous comptions deux cents millionnaires et qui n'avaient pas de morgue. Quand les gens de mon âge seront partis, on ne saura plus ce qu'il y avait ici de fortune et de bienveillance.

Et c'était un spectacle de voir Madame Baudoche et Colette s'enorgueillir des deux cents millionnaires dont elles n'étaient pas, et l'Allemand considérer avec admiration la vieille opulence de cette noble cité, où le riche était discret.

Ainsi Frédéric Asmus commençait de sentir la grande dignité de la ville de Metz. Et maintenant quand ces dames parlaient, ce n'étaient plus seulement des leçons de grammaire et d'accent qu'il recevait, mais des principes de civilisation.

Par une sorte de riposte instinctive et pour donner une haute idée de ses compatriotes, M. Asmus, à certains soirs, tirait de sa poche une lettre de sa fiancée, dont il lisait les plus beaux passages, généralement philosophiques.

— Comme elle est instruite ! disait Colette.

Il offrit à la jeune fille de lui prêter des livres.

— Je ne sais guère l'allemand, disait-elle.

Il proposa d'emprunter des ouvrages français à son collège, où l'on avait tous nos grands classiques.

Mais Madame Baudoche, pleine de pitié pour cet Allemand qui voulait apprendre quelque chose de français à des Messines, alla chercher dans une armoire à glace plusieurs années de l'Austrasie, la vieille revue qui, pendant près d'un siècle, groupa l'élite de la province, et dont il n'est pas de famille qui ne possède quelques numéros.

— On peut apprendre là dedans, dit-elle, tout ce qu'il y a de beau dans tous les pays.

On y voit du moins un élégant miroir de la société polie à Metz durant le dix-neuvième siècle. Les Messins croient l'aimer, parce qu'ils y retrouvent leurs lectures d'enfance ; mais c'est aussi qu'elle a le degré de romantisme qu'ils peuvent accepter : du coloris plutôt que de la couleur, de l'exotisme juste autant qu'un vieux soldat désire en rapporter dans sa maison natale, et, certes, aucun cri de révolte. Les imaginations messines furent toujours modérées, gardées par la discipline militaire. Mon grand père ayant collaboré honorablement à la gloire de la Grande Armée, rapporta du fond de la Prusse et de l'Espagne, à défaut de titres et de dotation, quelques volumes bien choisis. Et, dans la petite ville mosellane où il prit sa retraite, il aimait à s'instruire sur les pays qu'il avait traversés, en même temps qu'il rédigeait ses souvenirs. Les soirées de ce vieux soldat m'éclairent sur le génie de ces messieurs de Metz. Mais dans l'Austrasie, à côté d'études sur les gloires toutes fraîches des Lorrains au service de la France, on trouve un hommage perpétuel aux franchises de Metz et au loyalisme de la Lorraine pour ses ducs. Voilà deux traditions. Loin de se combattre, l'une et l'autre, plantées dans un sol vigoureux, s'entrelacent pour mieux résister. Leur bon accord ne surprendra pas. Ces enfants de Metz, qui, dans leur belle vigueur, amassent une brillante suite d'images sur les champs d'Algérie, de Crimée et d'Italie, n'ont pas été trouvés orphelins au bord d'un fossé sans histoire. Ils sont nés d'une illustre cité gallo-romaine et catholique, posée pour faire et subir la guerre d'Allemagne éternellement. Le grand courant d'air du Rhin agite tous les feuillets de l'Austrasie. Je l'avoue, c'est en disant à peu près comme ces Messins que je suis le plus aisément vrai avec moi-même. Je m'ennuierais vite d'un esprit soustrait aux influences du Rhin, et pourtant ce serait trop d'habiter directement sur ce fleuve. L'excellent, à mon goût, c'est de communiquer avec lui par les méandres délicats de la Moselle.

M. Asmus prit l'habitude de lire à haute voix les articles de l'Austrasie. Les deux dames continuaient à coudre et le reprenaient, s'il avait trop mal prononcé. Mais peu à peu, le récit les intéressant davantage, elles cessaient de l'interrompre. Colette se laissait le plus aisément enlever à leur petite vie. Alors ses mains abandonnaient l'ouvrage. Elle était assise au bord de sa chaise, et, penché sur la table, tout son jeune corps souple dessinait une courbe. Dans cette attitude instable prolongée, elle semblait avoir une sorte d'oubli animal de soi-même, en même temps que son visage prenait l'expression la plus pure. On voyait bien qu'elle visitait les vieux burgs de la Moselle, ou, mieux encore, qu'elle était auprès du Cid, avec M. de Puymaigre.

Un jour, ils tombèrent sur un passage où l'on racontait qu'à l'époque d'Henri l'Oiseleur, Metz avait subi l'attraction germanique.

– Vous voyez, Mademoiselle, que vous avez été Allemande une fois, fit le professeur avec une malice bonhomme.

Et il déclara ne pouvoir comprendre que des gens raisonnables perdissent leur temps à s'obstiner contre le fait accompli. Pourquoi bouder une nation où ils avaient occupé une belle place ? Où était le déshonneur de penser aujourd'hui comme leurs aïeux avaient pensé ?

Colette, toute rouge, répondit :

– Je ne sais pas ce qu'ont pensé, il y a mille ans, les gens de Metz, mais je sais bien que je ne peux pas être une Allemande.

Un geste de sa grand'mère essaya vainement de l'arrêter. La jeune fille poursuivit :

– Nous ne consultons que notre cœur. Et vous, Monsieur Asmus, quand vous avez choisi votre fiancée, avez-vous consulté vos livres d'histoire ?

Le professeur examine, pèse cet argument. C'est un homme d'étude, un savant. Sitôt qu'il réfléchit, il s'affale, arrondit son dos, en même temps que son regard, devenu extrêmement froid, exprime une formidable ténacité intérieure. Colette, qui craint de l'avoir blessé, accorde une concession :

– Ah ! si tous vos compatriotes étaient justes comme vous…

M. Asmus est séduit, dérouté par cette gentillesse d'âme. Eh quoi ! une culture qui ne doit rien aux livres ! M. le professeur n'avait jamais rencontré que des citernes, et maintenant il voit jaillir une source.

On venait d'atteindre la seconde moitié de décembre, et depuis quelque temps arrivaient pour M. Asmus toutes sortes de colis postaux. Il prenait des allures mystérieuses. La veille de Noël, vers trois heures de l'après-midi, il rentra furtivement, chargé de paquets et suivi d'un petit garçon qui portait un sapin. Peu après, il demanda une nappe blanche, et vers cinq heures du soir, vêtu de sa belle redingote, il se présentait chez les dames Baudoche.

Il les pria solennellement de venir fêter l'arbre de Noël dans sa chambre.

Le voyant habillé avec recherche, elles demandèrent qu'il les attendît un quart d'heure.

Lorsqu'elles entrèrent chez lui, il était à son piano. Il ne les salua pas, mais entonna aussitôt la chanson fameuse en Allemagne :

Ô beau sapin, que tes feuilles sont vertes !
Sur la table, parée de la belle nappe blanche, au milieu des cadeaux de la Noël, brillait le petit sapin légendaire, garni de noix dorées, de pommes d'api, de bonbons, d'une foule de bougies et de fils d'or et d'argent, avec, tout au sommet, une grande étoile de verre miroitante.

Sans sourciller, sans se détourner, tandis que les deux dames restaient sur la porte, séduites par l'étincellement de l'arbre, par l'excellente odeur balsamique et par cet arrangement de fête, il défila toutes les strophes de la chanson traditionnelle. Puis il se leva, vint à elles, leur serra la main et leur offrit à chacune un paquet soigneusement ficelé. C'était pour Colette une anthologie des poètes allemands, et pour Madame Baudoche, un panier à ouvrage.

– Et maintenant, dit-il, je voudrais que nous goûtassions…

– On peut dire « goûtions »… rectifia Colette.

– … goûtions ensemble ce beau gâteau qui est une spécialité de mon pays.

Il leur montrait un gâteau-arbre, une sorte de tronc conique, creux dans le milieu et rugueux d'une écorce en sucre glacé.

– Oui, dit Madame Baudoche, à condition que vous me permettiez d'y joindre une bouteille d'un vieux bordeaux qui me vient de la famille V…

Colette remontée de la cave, il leur montra les cadeaux alignés sur la nappe : des boîtes de pâtisserie, un marzipan de Nuremberg, tout noir, bardé de figues, de noix et de pommes sèches, des livres, un énorme porte-cigare en fausse écume sur le bout duquel se tenait accroupi un sanglier, une douzaine de caleçons où ses initiales étaient largement brodées. Mais il exhiba avec le plus d'orgueil un coussin de toile écrue, sur lequel des arabesques de style moderne en coton rouge dessinaient les mots de : « Nur ein Viertelstündchen, seulement un tout petit quart d'heure. » C'était le cadeau de sa fiancée. Sans doute qu'elle avait voulu, par ces mots, lui fixer la durée de sa sieste. Et le professeur, avec un véritable attendrissement, leur dit :

– Il est rembourré de ses cheveux.

Colette et sa grand'mère parurent stupéfaites, et d'une même voix demandèrent :

– Comment, elle a coupé ses cheveux ?

– Que pensez-vous ? dit le professeur ; ce sont ceux qui tombent quand elle fait sa toilette.

Ces dames étaient préoccupées de lui rendre sa politesse. Depuis 1904, un groupe de Messins fait venir, chaque hiver, des conférenciers de Paris ; Madame Baudoche eut l'idée de conduire M. Asmus à l'une de ces réunions.

– Il a l'air d'aimer beaucoup les choses françaises, disait-elle ; et puis, ça le flattera.

– Est-ce qu'on boit ? demanda le professeur.

Il ne comprit pas le sursaut des deux femmes. Il était bien de la race des idéalistes qui, sur leur colline sacrée de Bayreuth, après avoir entendu leur prophète durant une heure, s'élancent sur la bière et la charcuterie, et recommencent de rêver et recommencent de s'empiffrer, alternativement, d'actes en entr'actes, incapables, fût-ce dans ces jours consacrés au sublime, d'épurer leurs grossières habitudes.

Tous les Messins qui gardent le souvenir de la France assistent aux conférences. Ces soirs-là, réapparaissent un tas de boudeurs et de misanthropes, qui passent leur vie enfermés chez eux pour ne pas voir les transformations de leur ville. Des revenants extraordinaires, quelques-uns portant toujours la grande moustache impériale de l'ancienne armée. Ils entrent à l'Hôtel du Nord, dans la salle des conférences, avec un air de bataille. On les dirait venus en service commandé et pour entourer le drapeau. À leurs côtés, ces vieilles demoiselles et ces veuves qui sont à Metz les servantes du souvenir. Et puis quelques familles bien au complet : le mari, la femme, les jeunes gens, jusqu'au petit garçon que l'on récompense d'avoir été sage.

Ces deux, trois cents personnes s'abordent avec une courtoise familiarité, sans éclats de voix. On fait passer au premier rang les conseillers municipaux indigènes, les membres de l'Académie de Metz, quelques personnes de la noblesse venues des châteaux d'alentour et les vieux bourgeois notables. Mais qu'il survienne un conseiller de préfecture ou quelque officier en uniforme, il faut bien les conduire, eux aussi, aux places d'honneur. (Un certain nombre de tristes observateurs, disséminés çà et là et que chacun depuis longtemps connaît, ne parviennent pas à dégrader par leur présence cette soirée, dont ils vont faire un rapport de police.) Vraiment la discrétion des toilettes, la mesure des gestes et des paroles, aussi bien que la parenté des visages, saisissent au milieu de cette ville à demi germanisée et sous les banderoles qu'a laissées le dernier concert d'une corporation allemande. C'est bien là une société impénitente, les vestiges de la république messine.

Tel est le milieu où Madame Baudoche vient d'amener son locataire avec la vanité de l'initier à un monde d'élite. La bonne dame, fort bien vêtue, est assise, ayant à sa droite l'étranger, à sa gauche sa fille, et dans son cœur elle se réjouit comme une marquise faisant admirer ses portraits de famille.

Cette qualité de la salle, l'orateur parisien la sentit, dès qu'il s'avança sur l'estrade, avec une force qui allait jusqu'au malaise. Non pas qu'il eût, ce professionnel de la conférence, une imagination excessive, mais c'était un Français qui revenait sur un des plus tristes champs de bataille de sa race, et voici qu'il y trouvait, pour l'accueillir avec une salve d'applaudissements, les blessés qu'on avait abandonnés. « Quoi ! vous êtes toujours là ? » pensait-il. Et saisi d'une émotion qu'il n'avait pas prévue, il aurait voulu se taire, écouter ce touchant auditoire. Il improvisa une phrase sur sa confusion de ne venir à Metz que pour un bavardage. Cette pensée, si vraie et profonde qu'elle fût, ne passa pas la rampe. Elle échappa à ce public qui, dans cette minute, ne songeait qu'à se faire reconnaître, et de qui tous les yeux disaient : « Tu vas voir comme nous sommes des Français, tes pareils… »

Mais le jeune homme ne pouvait pas s'en tenir à regarder avec amitié des braves gens qui, tout de même, avaient retenu leur place comme à un spectacle. Il entra dans son rôle de conférencier.

Au jugement de tous, il avait choisi le plus beau des sujets : « Les soldats glorieux de la Lorraine. » Mais, devant de tels auditeurs, qu'importe le sujet ! Ils n'ont pas besoin qu'on nomme la France ou Metz pour connaître qu'il ne s'agit de rien autre. Un beau langage, sans trop de modernité, une éloquence un peu académique, avec des pointes et des traits, voilà une atmosphère où ils sont à l'aise et que les Allemands ne peuvent pas respirer. Cela, ils tenaient à le faire entendre, de toutes les manières, au conférencier. Ils guettaient les moindres allusions. « Vois, nous te suivons, nous te devançons, nous sommes naturellement capables de saisir toutes les finesses de ton discours. C'est ce qu'un Prussien ne saurait faire. Et nous te savons gré de nous fournir l'occasion d'employer nos qualités héréditaires, que les Schwobs laissent moisir. »

Ce qui unit ces Lorrains, sur ces banquettes, autour de la voix de l'orateur, plus intimement qu'une famille ne s'assemble autour de la cheminée en hiver, c'est un sentiment d'ordre religieux. Des paroles qui ne sont pas prononcées, des événements auxquels le conférencier ne fera pas allusion, hantent leur mémoire. Le moindre jeu du visage, un geste, un silence même les ébranlent mieux que ne ferait la plus libre exposition ou la plus directe apostrophe. Et cette bonne volonté envers ce Français, cette impatience de l'approuver avant qu'il se soit expliqué, surtout ce désir de rire avant qu'il ait de l'esprit, émeut jusqu'à la tristesse.

M. Asmus admire l'aisance des gestes, la clarté et l'harmonie de la langue. Il trouve toutefois qu'on va trop vite. Quand la salle a bien ri, il voudrait que l'on s'arrêtât un peu, pour que chacun eût le temps de comprendre le sens exact de ce rire. Il craint de se laisser séduire par un attrait frivole. Sans doute, un conférencier allemand, qui lit ou récite un mémoire, semble traînant auprès de ce Français, mais celui-ci ne sacrifie-t-il pas à la beauté de la période ? Que restera-t-il de ce brillant feu d'artifice ?

M. Asmus veut tout prendre au sérieux. Cela lui fait commettre des contresens. Le conférencier raconte la fameuse soirée que passèrent à Burgos, en 1808, les trois Messins Lasalle, Du Coëtlosquet et Rœderer. Le général Lasalle, qui rentrait en France, demandait à chacun :

« – Vous ne me chargez de rien pour Madame ?

« – Si vous voulez, général, l'embrasser pour moi.

« – J'ai déjà cette commission pour plus de vingt personnes. Je ferai face à tout, messieurs, vous pouvez y compter. »

Holà ! holà ! s'écrie l'Allemand qui redoute que le général Lasalle et ses petits-neveux messins ne manquent de sens moral…

Ainsi travaille l'esprit de M. Asmus, au milieu des Messins, dans la salle de l'Hôtel du Nord. Il se tient cérémonieusement, comme un digne professeur dans une fête officielle ; mieux encore, comme un dieu germanique qui assisterait à un conciliabule des dieux latins, vaincus et chassés du territoire. Il s'intéresse à ces vieilles divinités ; il s'étonne qu'elles aient gardé cette jeunesse, tant de ressort ; et, si les policiers, disséminés dans la salle, voulaient troubler cet enchantement, cette nuit du Walpurgis classique, en sa qualité de professeur, il serait tout prêt à s'interposer, tant il est ravi de voir, vivant sous son regard, ce qui sommeillait dans un morne chapitre de son Manuel général de la civilisation.

On n'applaudit guère durant la conférence. Cette interruption semblerait peu polie. Les Messins attendent que l'orateur se lève pour manifester leur plaisir, leur accord unanime. On vient de se revoir ; après trente-sept ans, l'on constate que l'on joue encore à l'unisson. Et, sur le seuil de l'Hôtel du Nord, à la sortie, les sentiments de satisfaction s'échangent, se développent, propagent une atmosphère favorable. Les dames Baudoche, sans présenter leur compagnon, s'excusent un peu, de-ci de-là :

— C'est un professeur. Il a si fort le goût de la langue française que nous avons pris sur nous de lui faire entendre ce qui peut améliorer son accent.

Tous trois reviennent à pied, heureux de respirer la fraîcheur. Ils croisent dans la nuit des groupes de petites gens qui vont se coucher en sifflant à la sourdine la Marseillaise. Les deux femmes sont triomphantes et ramènent leur Allemand tout épanoui. Assurément Colette et sa mère n'ont pas toujours compris le sens, et M. Asmus n'a pas toujours compris les mots, mais ils savent bien, les uns et les autres, tout ce que cela voulait dire. Et du profond de son cœur, Madame Baudoche tire la morale de cette soirée, en faisant cette remarque, si vague, « qu'avant la guerre à Metz c'était toujours ainsi ».

Il y eut une rumeur en ville jusqu'à dix heures, dix heures et demie. M. Asmus, avant de s'endormir, élabora beaucoup de réflexions sur lesquelles il revint indéfiniment, au cours des veillées qui suivirent, avec les dames Baudoche.

C'était toujours par la même formule qu'il commençait :

– Ce qui m'a frappé…, disait-il.

Et l'honnête pédant traduisait en abstraction ce qui avait été vécu spontanément sous ses yeux. Tant de délicatesse, aussi bien que les grâces de la pensée, lui semblaient, de plus en plus, des vertus fixées dans la nation française par les loisirs de la richesse. Il tenta de calculer au bout de combien d'années, étant donné l'accroissement des exportations prussiennes, ses compatriotes de Kœnigsberg pourraient composer une pareille salle. Il croyait pouvoir affirmer qu'à Berlin, déjà, on commençait d'avoir une fantaisie qui vaut l'esprit français.

– Ainsi, disait-il, à mon dernier passage, j'ai vu dans les rues une réclame d'une imagination charmante. C'est un laitier qui l'a trouvée. Il fait circuler des voitures somptueuses où de très jolies filles, habillées comme des nourrices, portent en gros caractères à la hauteur des seins : « Lait pur ».

– Fi ! quelle horreur ! dirent les deux femmes.

M. Asmus, ravi d'être initié à la politesse française, voulut à son tour charmer les dames Baudoche, et il saisit une occasion de leur faire voir le profond sérieux germanique, dans sa double expression la plus gracieuse : la jeune fille et la musique.

Madame Baudoche avait plusieurs fois raconté qu'avant la guerre on faisait d'excellente musique dans les salons de Metz et qu'un jour, au château de Gorze, elle avait vu le maître Ambroise Thomas s'asseoir au piano. M. Asmus offrit à ces dames de les introduire chez une maîtresse de chant qui donnait un concert d'élèves. La vieille Messine répugnait à se rendre dans un milieu tout à fait allemand, mais elle accepta pour ne pas désobliger le locataire.

Une centaine de personnes s'étaient réunies qui commencèrent à se distribuer les unes aux autres, et chacune par trois fois, des saluts mécaniques. C'étaient les parents et les amis des élèves. Celles-ci, en petite robe de mousseline blanche, occupaient les premiers rangs des chaises, et, tour à tour, elles vinrent se produire sur la scène. Chacune débutait et finissait par une révérence, dont elle faisait un des gestes les plus disgracieux qu'on puisse voir, même en Allemagne. La fille tenant des deux mains sa robe, à droite et à gauche, fléchit brusquement les genoux, sans incliner d'une ligne son buste et tout le corps demeurant roide. Colette ne put longtemps se tenir de répondre à cette double saccade par deux sursauts involontaires.

– Mademoiselle, dit le docteur mécontent, je vois que vous êtes très moqueuse.

Mais Colette maintenant surveille avec sévérité, tout au fond de la salle, une jeune fille, qui, en quittant l'estrade, est allée rejoindre un lieutenant.

Il est debout ; assise contre lui, elle l'enlace du bras droit, et leurs mains se rejoignent sur la garde du sabre. Elle appuie sa tête amoureuse sur la hanche gauche du guerrier, qui, sans fléchir la a colonne vertébrale et raide dans son col, abaisse vers elle un regard martial. Indécence naïve, qui dans cette foule, n'ahurit que la petite Colette.

– Ce sont des fiancés, dit avec componction le professeur.

Ce mot magique n'a pas la vertu de troubler le goût de Colette. Elle réprouve d'instinct une fausse sentimentalité dans toutes ces mousselines, une caricature du sublime dans ces roucoulements musicaux, une parade menteuse de tendresse dans ces langueurs en public. Bien qu'elle soit incapable de faire l'analyse de ces affectations, cette petite Messine positive va droit à leur mensonge.

Rien n'excite davantage notre ironie qu'un maître en qui nous reconnaissons de véritables infériorités. Les fières populations lorraines auront disparu, le jour où, dans le pays messin, ce sera fini de rire de vainqueurs aussi balourds.

Un soir de février, M. Asmus annonça que l'empereur et la famille impériale, alors en séjour au modeste château d'Urville, allaient venir à Metz pour une fête militaire et qu'on les recevrait avec un apparat inaccoutumé. Il offrait aux deux dames ses fenêtres, d'où l'on voit, sur l'autre côté de la Moselle, toute la place de la Préfecture.

Madame Baudoche remercia en termes prudents et Colette se tut. Mais lui, bien éloigné d'admettre un refus, réserva leurs places. De plus, il invita quelques-uns de ses collègues, avec un secret plaisir de leur montrer ses logeuses, car il croyait deviner chez eux des préventions qui le contrariaient.

Bientôt les immigrés commencèrent à parer leurs maisons. Ils s'y employaient avec zèle. Montés sur des échelles, penchés à leurs fenêtres, ils exposaient des bustes de Guillaume II, clouaient des draps et des branchages, collaient des aigles stylisées, étalaient des éventails de couleur tendre et piquaient dans la mousse une multitude de petits drapeaux d'enfants. Mais le principal moyen décoratif que connaissent les gens venus d'Outre-Rhin, ce sont d'épaisses guirlandes de sapin, graves jusqu'à la tristesse. Quand elles encadrent le drapeau noir et blanc de la Prusse, elles produisent un effet d'une beauté sépulcrale. Heureusement les charcuteries étaient en liesse, qui présentent, dans les quartiers germanisés, une espèce de physionomie officielle et tiennent, avec plus de splendeur, le rang de nos bureaux de tabac. Leur parfaite satisfaction corrigeait l'aspect un peu funéraire de cette ville parée à la prussienne.

Le jour venu, et toutes choses étant bien en place, les gens se mirent en mouvement. Des jeunes filles habillées de blanc, avec des bas et des souliers noirs, se rendaient au point où elles devaient offrir des fleurs à l'impératrice. De vieux guerriers, en casquettes militaires et couverts de médailles, arrivaient des lointains villages pour assurer le service de l'enthousiasme. Ce n'était partout que les chapeaux hauts de forme des innombrables sociétés germaniques. Mais tout cédait à la splendeur des officiers, graves et vêtus de couleurs tendres, menant des soldats battants neufs.

C'est une chose toujours émouvante, ces corps de troupe qui se déplacent dans tous les sens, à travers une ville resserrée et sonore, ces voix brutales qui donnent des ordres, ce pas lourd, scandé, puis le « Halte ! » et le bruit des crosses, et plus encore le silence qui succède. L'immobilité que la force parvient soudain à s'imposer, invite à la crainte et nous rend, sensible, mieux qu'aucune agitation, la puissance.

Les jeunes professeurs arrivèrent chez Asmus avec une certaine excitation nerveuse d'ordre patriotique. Mais ces dames se faisaient attendre. Et quand la Mule commença de tinter sourdement pour avertir que l'empereur pénétrait dans Metz, M. Asmus alla frapper à leur porte avec un peu d'impatience.

— Madame Baudoche, Mademoiselle Colette !

— Vous êtes trop aimable, dit la grand'mère ; nous voulons vous laisser avec vos amis.

Et comme il assurait que ceux-ci seraient très heureux de leur faire place, Colette répondit qu'elles avaient « tellement à faire » !

Le naïf jeune homme ressentit une déception que quelque chose de gracieux, d'aimable fût séparé de la force et du loyalisme. Cette séparation contrariait le sentiment noble qu'il éprouvait dans cette minute, et il insista avec sincérité :

— Allons, Mademoiselle, pour le passage de l'empereur, vous pouvez vous interrompre un instant.

– Merci, Monsieur ; je n'y tiens pas trop.

Voilà donc le fond de leur âme ! Ah ! vraiment, il ne les aurait pas crues aussi « chauvines. »

Colette répondit avec douceur :

– N'est-il pas naturel, Monsieur le docteur, que nous tâchions d'éviter ce qui nous attriste ?

Ses amis l'appelaient. La Mule résonnait toujours ; la musique entonnait la Marche de Sambre-et-Meuse que les Alsaciens-Lorrains emploient volontiers pour exprimer leur opposition et que l'empereur a jugé habile d'adopter. Ces airs guerriers, dans les rues messines, vrais couloirs de forteresse, c'est quelque chose de lourd qui martèle les murailles et les cœurs, et qui donne une impression formidable de puissance. À cette minute, il se faisait, chez tous les Allemands, une communion de pensées et de sentiments, une vaste unité spirituelle. Une sorte de tempête arrivait du fond de la Prusse, une onde irrésistible et insaisissable, bien plus large, épaisse, aveuglante que les nuages de poussière qu'avaient soulevés d'Urville à Metz les automobiles impériales. À travers les rues étroites de sa belle cité, de sa noble prise, l'empereur allemand s'avançait à cheval.

En tête du cortège, un escadron de uhlans précédait la voiture, attelée à la Daumont, de l'impératrice, auprès de qui était assise la princesse héritière du trône. L'impératrice saluait sans trêve, avec la bonne grâce d'une vieille dame au coin de sa cheminée ; la jeune princesse avait la sveltesse et presque la gaieté d'une joueuse de tennis. Après elles, venait le groupe magnifique des cavaliers impériaux, Guillaume et ses fils, encadrés de leurs officiers d'ordonnance. L'empereur en uniforme blanc, avec une écharpe orange et le bâton de maréchal à la main, chevauchait dans une attitude imposante, préoccupé, semble-t-il, de donner une image de la force plutôt que de séduire. Sans un sourire et gardant une constante raideur de tout le corps, il promenait, à droite et à gauche, des regards de maître, comme un inspecteur général de l'empire. Pourtant, s'il voyait un balcon avec des dames, une demeure plus élégante, il saluait. Les figures jeunes et saines de ses fils complétaient d'une belle espérance ces vigoureuses réalités. Un escadron de uhlans, puis une cohorte d'écuyers ou de laquais à cheval fermaient la marche, suivis d'une file de dignitaires en voitures.

Les tintements graves de la Mule, et les sonneries de toutes les églises se mêlaient aux acclamations loyales des Allemands. Parfois, sur un espace de trente ou quarante mètres, en place des hoch ! régnait un morne silence et nulle tête ne se découvrait ; le fier cortège traversait un îlot d'indigènes. Mais cette abstention ne pouvait que rappeler aux vainqueurs l'orgueil de fouler une nation de vaincus.

Les jeunes professeurs n'aperçurent qu'une seconde l'empereur, quand il descendait vers le pont, à la hauteur de la rue des Piques ; mais ils le revirent amplement, le chef de leur race, sitôt qu'il arriva de l'autre côté de la rivière, sur la vaste place où les aigles de Napoléon décorent encore la Préfecture, et que la musique entonna l'hymne national allemand : « Nous te saluons, couronné des lauriers du vainqueur. »

Quel spectacle saisissant et qui ranime chez tous l'enthousiasme de la victoire !

Chacun des hôtes de M. Asmus participe des plaisirs d'orgueil de son empereur. Il est là, entouré des siens, dans un appareil à la fois majestueux et familial, celui qui incarne les morts, les vivants et ceux qui naîtront. Quelles doivent être les sensations d'un tel héros ! Ce n'est pas donné à un loyal sujet de les connaître, mais qu'un Allemand les éprouve dans leur plénitude, voilà qui épanouit l'orgueil de chacun. M. Asmus, à cette minute, était séparé par un abîme des dames Baudoche. Il n'était plus celui qui, durant quelques semaines, s'était laissé séduire par une petite intimité monotone et froide. Mais le cœur tout en feu, il voyait les deux femmes comme des rebelles tapies au fond de leur obscure retraite.

Ses camarades l'entraînèrent. Les brasseries regorgeaient d'officiers, de fonctionnaires avec leurs familles et de vieux guerriers aux gosiers desséchés par les hoch ! L'inoubliable Grand-Père, l'épée de Brandebourg, le loyal Allemand et le fidèle Poméranien, toute la ferblanterie de l'empire, s'entrechoquaient dans une multitude de toasts. Les orchestres jouaient sans relâche des morceaux patriotiques, et de temps à autre, s'ils entonnaient la Wacht am Rhein, la salle entière chantait. Dans la griserie de tout ce peuple de Germains, on sentait l'orgueil de se trouver sur un sol conquis. Les sentiments guerriers héréditaires, depuis longtemps assoupis chez le jeune professeur, reprenaient en lui toute leur virulence. Il jouissait comme d'une vertu et d'une volupté d'entrer, avec toute sa force individuelle, dans un ensemble, pour devenir l'humble molécule d'un grand corps.

Cette fraternelle entente de M. Asmus avec ses collègues se maintint après le départ de l'empereur. Au milieu de mars, il continuait de déserter, chaque soir, la lampe et les conversations des dames Baudoche.

À cette date, les murs de Metz se couvrent d'affiches annonçant par trois mots, joyeux comme un bulletin de victoire, que Salvator est arrivé. Et l'on voit les Allemands se ruer dans les brasseries. Salvator est une bière de Munich, fameuse dans sa fraîcheur, qu'ils boivent jusqu'au vomissement. Quand ils ne peuvent plus parler, il suffit qu'ils laissent levé le couvercle de leurs pots à bière, et les servantes, toujours lymphatiques, mais électrisées par cette grande semaine, ramassent les pots, ne les rincent plus, les remplissent et les confondent. Qui s'en plaindrait dans cette immense communion ?

Mais il arrive des accidents, et M. Asmus l'allait voir.

Une nuit, vers deux heures du matin, Colette entendit un pas lourd qui titubait, trébuchait à chaque marche : « Bon, dit-elle avec dégoût, c'est l'électricien. Pauvre femme ! » Mais le pas s'arrêtait au premier étage ; une clef tâtonnait autour de la serrure ; puis des jurons : la voix du professeur ! Le sentiment de l'honneur du foyer envahit subitement la jeune fille. Elle se lève, court à la porte, ordonne à l'ivrogne d'attendre, hésite à réveiller sa mère, s'habille, s'indigne à l'idée que les voisins pourront dire : « Ah ! bien, il en fait une vie, l'Allemand de chez les Baudoche ! » et puis lui ouvre.

Quel sale maintien il avait, tout souillé et penché contre le mur ! Un homme si instruit et tellement honnête ! Alors, sans marquer d'indignation ni de colère, mais lui imposant par sa sévérité, elle le mène jusque chez lui, ne s'attarde pas aux remerciements qu'il balbutie d'une langue trop lourde, et revenue auprès de sa mère qui dort toujours, elle se dit :

– Tant de belles choses qu'il nous a racontées sur la noble vie familiale dans son pays ne rendent que plus odieuse sa conduite. Serait-ce donc qu'il nous méprise ?

Le lendemain, à son réveil, l'Allemand estima qu'il devait des remerciements à la jeune fille. Il s'arrangea pour la rencontrer au bas de l'escalier et lui dit avec une paisible assurance :

– Je vous ai fait bien des ennuis, hier soir, Mademoiselle Colette. Je vous remercie d'avoir été si bonne pour moi.

– Ah ! Monsieur le docteur, jamais je n'aurais cru que vous pussiez vous mettre dans un état pareil.

– Ce sont nos mœurs, dit-il.

Et sur un ton plaisant, il exposa que depuis qu'il est question des Germains dans le monde, on leur voit cette habitude nationale de boire, et qu'aujourd'hui encore c'est le vice dont se glorifient les plus illustres citoyens de l'empire. Il ajouta que l'usage de la bière, très nourrissante et peu riche en alcool, entretenait la force musculaire des Allemands.

— Alors, dit la jeune fille, chez vous autres, un Monsieur a le droit de se montrer plus grossier que ne voudrait l'être un simple ouvrier messin ?

M. Asmus sentit, confusément qu'il venait de se mettre dans son tort, et, comme il était net dans toutes ses actions, dès le soir même, au lieu de sortir, il revint occuper sa place dans la salle à manger. Les paisibles conversations reprirent. Il crut voir que Madame Baudoche s'en félicitait, mais que la jeune fille tenait désormais en suspicion l'idéalisme de l'Allemagne. Et prudemment il se réfugia dans la collection de l'Austrasie.

Un soir, il lisait à haute voix un article poétique, quand éclata sur leurs têtes un affreux vacarme de meubles renversés.

— Krauss a bu, dit Madame Baudoche.

Le professeur regarda Colette.

Mais là-haut maintenant, les cris se mêlaient à un fracas de vaisselle et si fort que tous trois, épouvantés, ils gravirent, en hâte l'escalier.

Chez les Krauss, ils trouvèrent, dans une chambre bouleversée, toute la famille en bataille autour de l'ivrogne écroulé.

— Voyez-le ! dit la femme en le montrant aux dames Baudoche. Mes parents ne m'ont jamais pardonné mon mariage avec lui. Eh bien ! croiriez-vous qu'il vient d'aller leur demander de l'argent ? Faut-il être assez Prussien pour manquer ainsi de cœur !

À cette minute, le petit garçon de sept ans, qui se tenait cramponné, en pleurant aux jupes de sa mère, la saisit par les mains et la figure suppliante tournée vers elle, lui cria :

– N'est-ce pas, maman, que je ne suis pas un Prussien ?

Et ce fut une belle chose, alors, de voir le professeur, excité par cette tragi-comédie, prendre à partie en allemand son compatriote vaincu par le Salvator, et lui crier, sous la table, qu'il devait écouter sa femme et qu'elle valait mille fois mieux que lui.

Dorénavant, si l'on parlait de l'électricien, Mademoiselle Colette retenait un sourire et M. Asmus s'embarrassait. Mais la grand'mère ignorait toujours l'aventure bachique du professeur ; les deux jeunes gens avaient un secret.

Sa naissance prédisposait M. Asmus à goûter cette vie humble et familière qui peut s'épanouir dans tous les climats, mais où l'étonne ici la nuance messine : une discipline aisée, certains rites d'étiquette et puis un usage de la raillerie interdit à des hommes trop neufs. Ce jeune colosse subit à son insu l'enchantement, la douceur d'une politesse naturelle et constante.

Ces dames l'engageaient beaucoup à faire le voyage de Nancy.

– Pour les coutumes et les manières, disait Madame Baudoche, Nancy ne vaut pas le Metz d'avant la guerre, mais le décor est bien joli. Je suis sûre qu'elle vous plairait, toute cette élégance française.

Elles le persuadèrent, et durant ses vacances de Pâques, il s'en alla paisiblement passer quarante-huit heures de l'autre côté de la frontière.

M. Asmus n'avait aucune idée de s'intéresser au Nancy moderne, car l'Allemagne possède de nombreux exemples d'une prospérité analogue. Et il se souciait peu du Nancy de nos ducs, si naturel, si fort, si touchant, où l'on respire une poésie noble et familière. Comme la plupart de ses compatriotes éclairés, il demandait à la France qu'elle lui présentât de beaux modèles du dix-huitième siècle.

Aussitôt arrivé, il s'en alla tout droit vers ce qui fut préparé pour plaire, et de la gare descendit sur les trois places fameuses que la ville, tout empressée qu'elle soit aux affaires, conserve comme des salons où recevoir et éblouir les étrangers.

Le bel endroit charmant de clarté, d'équilibre et d'élégante fantaisie ! Aucune ville au monde n'offre une œuvre du dix-huitième siècle comparable à cet ensemble architectural construit par les ouvriers de la Lorraine sous la direction de l'un d'eux, Emmanuel Héré, qui s'était approprié la fleur des ouvrages classiques de France et d'Italie.

Ici demeure fixée la minute rapide où notre société atteignit un point de perfection. Ce Nancy perpétue les sentiments, les manières d'être d'un monde où la plus extrême politesse fleurissait sur un fond sérieux jusqu'à la sévérité. Il y avait en haut une infinie délicatesse, une délicatesse à faire frémir, mais soutenue par des réserves magnifiques de santé et d'honnêteté. Toutes ces belles choses de Lunéville et de Versailles, si plaisantes et si libres, étaient comprises par un peuple consciencieux d'ouvriers.

Ce double caractère, cet heureux équilibre de la discipline et du caprice, c'est la gloire du Nancy de Stanislas. On y trouve la marque d'une volonté sûre de soi, servie avec la plus brillante exactitude. Quelle leçon de justesse dans la pensée et dans l'exécution ! Ces trois places font trois inventions de la plus belle unité, en même temps qu'elles contrastent nettement les unes avec les autres. Chaque feuille de ce beau trèfle semble s'offrir comme un emblème.

Ici, la place Stanislas : un vaste palais, quatre grands pavillons et deux plus petits, tous les cinq d'un style noble et grave, la dessinent, et ces bâtiments majestueux, à la Louis XIV, prennent leur grâce des fameuses grilles, égayées d'or, et des fontaines rococo, cependant qu'il les relèvent en noblesse. Véritable place royale, elle étale largement aux regards un principe bien assis de gouvernement, réglé, contenu par les hommes d'étude, policé par le sentiment féminin, obéi par l'énergie ouvrière. Toute voisine, la Carrière, où nous conduit un arc de triomphe, avec les graves maisons qui bordent son rectangle, nous donne l'idée d'une classe solide, fortement installée pour la défense sociale. Et non loin, un peu à l'écart, la petite place d'Alliance, uniforme, solitaire et taciturne, où le jet d'eau retombe dans le carré des tilleuls, exhale une sorte de mélancolie janséniste et nous rend sensible encore la douloureuse crise de la conscience nationale séparée de ses ducs… Bien des automnes se sont entassés, avec les feuilles de ces vieux arbres, sur la source lorraine, et pourtant, auprès de la fontaine de Cyfflé, on entend toujours s'égoutter nos regrets.

La mémoire de ces temps jadis n'a pu s'évanouir. Leurs beaux monuments répondent aux manières de sentir lorraines. Ce Nancy aux portes d'or n'a pas été déshonoré en passant à l'usage de magistrats cultivés ou de jeunes officiers. Les Nancéiens ne contrarient pas les effets de leurs trois places. Les beaux arbres qu'ils font pousser encadrent de leurs verdures les fontaines monumentales. Et ce décor, où des étrangers risqueraient de ne voir qu'une façade un peu glacée, prend, d'année en année, plus d'âme au goût de ces Lorrains, qui se plaisent à cacher leur flamme sous un masque de froideur.

J'ai vécu indéfiniment sur ces belles places nancéiennes. J'y ai vécu ma vie, une jeune vie à la française, audacieuse et mesurée. Elles sont pleines des menus faits de ma jeunesse, et toutes colorées de mes jours passés. Et si j'aime y revenir, c'est moins pour leur art précieux que pour mes sentiments qu'elles raniment. Sur cette longue place d'arrière, à main gauche, ce froid hôtel ne va-t-il pas s'ouvrir ? Et de cette lourde porte, désormais inutile, ne pas voir sortir le compagnon de ma jeunesse, Stanislas de Guaita, tout rayonnant d'amitié et des beaux vers qu'il vient de créer ? Il m'entraîne, nous irons encore vers toutes les jeunes folies et joyeusement nous redoublerons mes absurdes gaspillages. Quel étudiant joignit jamais une telle impétuosité d'exubérance physique à un si vif sentiment intérieur du divin ? Je voudrais, ce soir, l'écouter et mieux saisir cette profonde pensée poétique rhénane toute pleine des sorcelleries lorraines… Mais ma solitude m'égare. Qu'on les excuse, ces troubles causés par la sympathie…

Une musique indéfinie se lève de ces beaux endroits dont le caractère est si net et le discours si précis. Ces trois places, pour aucun Lorrain, ne peuvent être une sèche et morne connaissance pédagogique. Combien de soirs, au cours des années, n'ont-ils pas vu le soleil couchant et leurs rêves illuminer les vieilles fenêtres, aux reflets métalliques, du superbe palais devenu leur hôtel de ville ! Il est impossible d'aimer, voire de comprendre aucun objet si nous n'avons pas mêlé nos songes à sa réalité, établi un lien entre lui et notre vie. C'est peu d'avoir consciencieusement tourné autour d'une belle chose : l'essentiel c'est de sentir sa qualité morale et de participer du principe d'où elle est née. Il faut devenir le frère d'une beauté pour bien commencer à l'aimer. Et M. Asmus, lui-même, que trouverait-il sur la place Stanislas, ce soir, s'il ne la rattachait à ses expériences vivantes ?

Le bon professeur, avant de quitter Metz, a consulté plusieurs membres éminents de la Société d'archéologie ; il a farci d'impressions préalables son carnet de choses vues : voilà le meilleur moyen de tout savoir et de ne rien comprendre. Heureusement qu'il a pour toucher, avertir son cœur, la grâce de Mademoiselle Colette. C'est par elle que cette place ne reste pas devant ses yeux un fait d'histoire, une élégante réussite. Sans le stage qu'il accomplit quai Félix-Maréchal, il serait un de ces Allemands, aux poches bourrées de livres, que l'on voit arpenter, étudier, contrôler nos trois places, et, dont il faudrait croire qu'ils sont les plus fins connaisseurs en délicatesses d'art, si l'on ne remarquait qu'ils se mouchent dans des carrés de papier. Fâcheux signe extérieur ! On peut craindre que des hommes si primitifs ne possèdent pas l'esprit de ces lieux et que nos merveilles raffinées ne soient pour eux des objets de musée et d'érudition, des formules. Mais Asmus a bien mûri, depuis qu'il est chez les dames Baudoche. Dans cette neuve et saine nature de pédant, la petite vie des deux Messines se relie à ce décor nancéien. Il y a un rapport que l'âme, à défaut des yeux, saisirait, entre cette humilité et cette magnificence. La paix que les habitudes de ces dames communiquent aux choses, l'exacte symétrie de leurs meubles, la figure même de Colette, tout ce qu'il y a dans leur atmosphère, de net, de froid, d'élégant, a mis le professeur sur la voie de Nancy.

Son cœur l'emporte vers la jeune fille. « C'est elle, pense-t-il, qui me tire le rideau de la beauté française. » Il s'attendrit, et tout le précieux trésor d'expériences qu'il a, depuis huit mois, amassé, il l'étale sur cette place, pour y vivre sans roman la plus romanesque soirée.

Qu'il est heureux et réjoui, le bon professeur ! Comme il respire agréablement, en buvant du vin sur cette place Stanislas ! Nancy l'allège, le libère. Certes, depuis qu'il avait sous les yeux quelques images françaises, il souffrait confusément de ce qu'il y a d'embrouillé dans la civilisation allemande, mais aujourd'hui, il aperçoit clairement quel fatras poussiéreux surcharge les greniers de son esprit. Il se connaît comme une chambre de débarras, où s'accumulent d'immenses lectures, tout un encombrement venu du dehors. Pour la première fois, il s'explique ce que voulait dire Madame Baudoche quand elle s'écriait avec impatience : « Monsieur le docteur, tout ça, c'est des embrouillamini ! » Jusqu'alors il avait pour idéal Nuremberg, mais voici qu'en une seconde il apprend à distinguer ce qui est pittoresque de ce qui est beau.

Ainsi M. Asmus, sur cette grande place demi obscure, s'enivre de rêverie. Devant un verre de vin, toutefois, car cette volupté française un peu sèche, a besoin qu'on la mouille. Mais sous l'action de si beaux modèles, il se sent devenir gentilhomme : « Comme j'étais ivre l'autre soir ! Si je titube à Nuremberg, c'est fort décent, mais je ne me consolerais pas d'avoir manqué aux convenances sur la place Stanislas. »

C'est le soir, après dîner. Des bourgeois se promènent autour de la statue, dans le centre sablé interdit aux voitures. Ils devisent et prennent le frais, en attendant l'heure de dormir. Toute l'animation est rassemblée devant l'un des pavillons bas de la place : un groupe élégant de jeunes viveurs occupe la terrasse d'un restaurant doucement éclairé. On cause, on prend des glaces, et l'on regarde de jolies filles entrer, sortir, monter en voiture. M. Asmus les compare avec admiration à leurs collègues allemandes qui versent de la bière dans des brasseries fétides. « Ce sont des princesses, pense-t-il, des sœurs indignes, mais des sœurs de Mademoiselle Colette… » M. Asmus s'égare dans des songeries d'un style Louis XV. Et cette voiture de jeunes plaisirs qui s'éloigne au tournant de la belle place, il lui plaît d'y voir de tendres caprices et des Cydalises, qui se réveillent pour accueillir d'un sourire un digne érudit allemand.

À son retour, M. Asmus trouva une vive querelle ouverte dans Metz. Une ordonnance du Président de la Lorraine venait de supprimer l'enseignement du français dans les écoles de quatre villages. Moyeuvre-Grande, Fontoy, Knutange et Audun-le-Tiche. Ces mesures sont fréquentes, et leur effet toujours pareil : elles réjouissent les immigrés, en même temps qu'elles indignent l'indigène. Au grand scandale de ses collègues déjà fort agacés par l'enthousiasme qu'il rapportait de Nancy, M. Asmus soutint que détruire la langue française en Lorraine, c'était bel et bien détruire des intelligences.

– Prenons, disait-il, un enfant qui arrive à l'école… Vos maîtres refusent de lui apprendre à lire et à écrire le français, ils ne peuvent pourtant pas faire que l'allemand soit sa langue naturelle ! Voilà donc un estropié pour la vie. Où est pour nous le bénéfice ? Je voudrais bien qu'on me dise en quoi le pangermanisme profit de cet abêtissement local ? J'ai vu des devoirs rédigés dans notre langue par des petits indigènes ; ils ne présentaient aucun sens, n'étaient qu'une suite de mots ineptes.

M. Asmus fit plus que parler, il agit, et soupçonnant l'administration de fournir des statistiques inexactes, il s'en alla les contrôler sur place. De village en village, il entra dans un très grand nombre de maisons. Il y goûta le plaisir nouveau d'être salué avec sympathie par des paysans, à qui le maire avait appris sa bonne volonté. Ce fut l'emploi de son printemps.

Moyeuvre-Grande, Fontoy, Knutange et Audun-le-Tiche ont été récemment gâtés par les hauts fourneaux et surchargés d'Italiens. Ses allées et venues pour gagner ces pays jaunâtres de minerai mirent du moins le jeune professeur en goût de visiter tous les pays qui entourent Metz. Déjà ses collègues l'avaient mené dans les chaumes de Gravelotte et de Mars-la-Tour, sur le tragique plateau de l'Ouest, où toute une vie semble arrêtée, où rien ne bouge que les longues files de peupliers. Il commença de parcourir, seul, nos campagnes, si mâles sous le grand vent. Il suivit la longue vallée étroite de Monvaux, mince prairie entre des collines, boisées de frênes, de chênes et d'érables. Il découvrit les diverses régions et distingua nos rivières, la Moselle plus aérée, la Nied plus intime et la Scille plus grave.

La campagne autour de Metz est infiniment chargée, nuancée, pétrie par la culture, par les hommes, par des siècles de grande histoire et d'obscure activité. On n'y voit guère de beaux arbres. Le sol et le climat s'y prêteraient-ils mal, ou bien cette race positive réalise-t-elle trop vite ? Mais dans les « croues », tout autour des villages, les mirabelliers courbés, tordus et moussus, nous offrent le plus parfumé bouquet de printemps. Et parfois, un pêcheur qui marche, les jambes nues, portant ses filets le long de la rivière, au pied d'un bois de hauts peupliers, fait un noble tableau du Poussin. Ce grand pays, large et simple, à plusieurs plans, délicieux de souplesse, avec des fonds très noyés, c'est, en plus humide, l'atmosphère de Florence. Toutefois, l'Arno toscan n'a pas la noblesse fière, la chasteté de notre rivière, quand les saules courbés par le vent se penchent sur elle, qui fuit dans les prairies sombres. Et les larges couleurs profondes que notre terre prend parfois le soir s'accordent avec les vertus éprouvées et calmes de notre nation.

M. Asmus quittait quelquefois la Moselle pour atteindre, sur sa rive droite, la plaine de la Seille, vaste pays du blé et des chênes, où galope un vent éternel. La terre y est grasse, forte, le plus souvent mouillée, en été crevassée. La Seille y serpente à pleins bords, au milieu des roseaux, des peupliers et des saules argentés que la bise ébouriffe. Ses villages, que les gens de la Moselle nomment avec dédain « les villages perclus de la Seille », tout gris sous des toits rouges, n'ont pas changé depuis des siècles. Leurs paysans sont des abeilles qui mellifient silencieusement pour le collecteur d'impôt, qu'il soit de Metz, de France ou de Prusse. On y voit, çà et là, quelques gentilhommières dont les maîtres sont toujours absents. D'où vient la mélancolie inaltérable de cette plaine ? De ses grandes courbes monotones, de ses bouquets isolés, tous pareils, de son vaste ciel tourmenté, de sa terre figée, silencieuse, et des deux minotaures, le Saint-Blaise et le Sommy, toujours dressés sur l'horizon. Allez voir à Silligny, dans la pauvre église, les fresques pieuses et barbares du seizième siècle, et son cimetière où subsiste un charnier. C'est de là qu'on épuise le mieux toute la poésie de la Seille et que se resserre un cœur épanoui sur les bords de la Moselle.

Qu'éprouvait dans nos campagnes cet étranger, ce fils des vainqueurs ? Les noms de nos villages prenaient-ils pour lui cette sonorité tendre et profonde, à la Mozart, qui nous touche l'âme ? Savait-il déchiffrer l'écriture mystérieuse que tracent nos arbres légers et leurs feuillages amenuisés dans notre atmosphère bleuâtre ? Une pensée délicate, épurée, solitaire, s'élève avec leurs branchages. Ces bois paisibles, qui ne savent rien d'aucune querelle nous donnent une vive image du devoir, tel que l'accomplit une belle plante humaine, une riche et saine nature, au milieu des maîtres injustes. Leçon utile aux vaincus ; notre digne rôle, c'est d'épanouir quand même nos puissances et de les faire, au mieux, admirables, dussent-elles n'avoir aucun digne admirateur.

Un Frédéric Asmus, s'il se présente pour recueillir notre héritage, en laissera glisser et s'anéantir la plus précieuse part. Il a du moins l'âme en mouvement et très sensible aux choses. Avec quelle avidité, en marchant seul dans la campagne, il regarde, écoute, admire ce qui naît spontanément du sol ! Comme il se réjouit d'avoir tant d'inconnu à approfondir ! La place Stanislas lui a délivré, épuré l'esprit ; cette campagne lui émeut le cœur.

Le beau Nancy de Stanislas, on peut bien le dire, est surtout fait pour parler à des voyageurs pressés. On y trouve une beauté tout en fleur, une admirable réussite, mais privée de lendemain ; on y respire moins nos vertus de terroir que la pensée d'une petite cour dont le roi fut, plutôt que le dernier des ducs de Lorraine, le premier des majors de table d'hôte. Les campagnes que parcourt aujourd'hui le jeune Allemand sont plus efficaces et meilleures faiseuses d'hommes.

Il y a des petits villages, isolés au milieu des espaces ruraux, qui, le soir, à l'heure où l'on voit rentrer les bêtes et les gens, m'apparaissent comme des gaufriers, et je crois que tout être, fût-il barbare prussien, soumis à leur action patiente et persistante, y deviendrait lentement Lorrain. Bien des générations reposent là, au cimetière, mais leur activité persiste ; elle est devenue ce groupe de maisons, ce clocher, cet abreuvoir, cette école qu'entourent les champs bigarrés de couleurs et de formes, et si l'on entre dans cette communauté, on y vient nécessairement se conduire et penser comme ont fait les prédécesseurs. Pour moi, dans ces retraites lorraines, si bien enveloppées, pressées, protégées par leurs verdures reconnaissantes, où les blés ondulent, où les poulains caracolent, où les filles et les garçons s'interpellent en beau patois avec des regards éternels, je redresse mes vertus d'âme et de corps. C'est un jardin de Paradis, et l'homme de la Prusse orientale ne songe pas à le nier.

M. Asmus éprouve une estime affectueuse pour ces vignerons en blouse bleue, qui regardent l'étranger avec indépendance, bien honnêtes au milieu d'une vie de droiture et de labeur ; il reconnaît chez les vieilles Lorraines, sous leurs bonnets gaufrés, non pas une âme meilleure et plus limpide que l'âme des vieilles mamans allemandes, mais une vive et saine malice ; il aime à voir les charmantes figures, déjà militaires, des enfants de quatorze ans, auprès des figures paisibles et claires de leurs grands-parents ; il écoute avec un plaisir de sympathie, çà et là, dans les champs, mêlé aux mots que les paysans disent aux chevaux, l'accent railleur et gentil des jeunes filles, de qui la halette, sous l'immense soleil, voile la figure... Bien que privées d'une beauté souveraine, les filles du pays messin, nettes et lumineuses, s'accordent avec les prairies, les collines, le ciel et la rivière, dont elles rehaussent la douceur, en même temps qu'elles y prennent un charme d'exilées.

Peut-être M. Asmus attribuait-il à la Lorraine beaucoup de mérites qu'il ne devait qu'au bien-être de la jeunesse et du printemps. Il est probable qu'il se fût attaché de même à tout autre pays où les tableaux de la nature auraient servi de cadre à ses premières émancipations. J'accorde qu'il savait gré à la Lorraine d'être la terre de sa vingt-cinquième année, la forêt qu'il respirait, la rivière où il se baignait, le grand vent qu'il bravait avec toute la fraîcheur de son âge, mais enfin, c'est chez nous et sur notre sol qu'il dépensait les effusions naturelles aux jeunes gens généreux. À défaut d'une affection de naissance, c'était presque un amour de mariage. Il découvrait, créait, mûrissait en lui une Lorraine par à peu près. Il la composait assez bizarrement d'un amalgame de ses rêves avec les notions que ses logeuses lui fournissaient.

De lui-même, il sent la nature à la mode d'un Werther, il s'y disperserait, et le cadastre le gêne. Bien souvent, avec ses camarades d'université, il a gravi des montagnes et fait de longues marches en forêts ; il s'emplissait alors d'un plaisir confus dont il n'a gardé aucun bénéfice. Mais, chaque soir, les dames Baudoche, à la manière de nos religions occidentales qui placent les déesses, les saints et les anges, partout comme un écran entre nous et la nature, lui nomment les châteaux, les autorités sociales, les souvenirs des cantons qu'il a traversés. Elles humanisent sa promenade du jour et l'envoient, la semaine suivante, aux meilleurs points d'où il verra les vertus de la terre lorraine. Ces belles précisions sauvent M. Asmus du vague. À la place d'une rêverie stérile, qu'il aurait subie, s'il avait été seul, le jeune Germain reçoit un excitant à la vie et voit naître dans son esprit une parenté avec les gens qui façonnèrent cette campagne.

Pourtant, les enthousiasmes qu'il rapporte de ses excursions mettent mal à l'aise les dames Baudoche. Elles sourient et se méfient. Certains mots et certaines idées d'ordre poétique, permis au passant, ne sont pas de leur usage. Les emballements du locataire, fort sympathiques à coup sûr, leur paraissent tout de même un peu saugrenus.

Exactement, M. Asmus entrait dans un état mystique. Il devenait Celui qui a trouvé sa voie. Bien des choses pourraient l'attrister. Sa fiancée réprouve ses expansions lorraines : « Rappelle-toi, Fritz, lui écrit-elle, comme ton père et le mien parlaient des Français, et toujours se trouvaient d'accord pour voir en eux les ennemis héréditaires de notre race. » Mais le jeune homme est soutenu par le sentiment que depuis quelques mois, il se hausse à un degré supérieur de civilisation, et que ce perfectionnement, il ne pourrait y faire obstacle. Cette vue de converti entretient dans son cœur une sorte d'attendrissement et même une émotion de reconnaissance, qu'il reporte sur les petits Messins du collège.

Une après-midi, il faisait traduire à ses élèves le recueil de Ploetz, qui est l'ouvrage classique pour l'enseignement du français en Allemagne. Le texte se rapportait à Napoléon Ier. Les uns après les autres, avec le dur accent des Schwobs ou bien avec le traînement de voix des Welches, les enfants venaient d'ânonner, quand l'un d'eux, son tour venu, rougit et s'arrêta.

— Eh bien, lui dit M. Asmus, pourquoi ne lis-tu pas ?

— Mon père a dit que le livre ment et que Napoléon est un grand homme.

Ce fut dans la classe, réveillée par cet incident de frontière, un grand bruit de pieds, signe d'émotion.

Le colosse allemand posa son regard étonné sur le petit Lorrain, puis, se référant au livre, il lut à haute voix :

« La sincérité et la générosité étaient parfaitement étrangères à Bonaparte. Il avait coutume de raconter qu'un de ses oncles avait un jour dit de lui : « Napoléon ira loin, car il ment sans cesse. » Loin d'admirer une belle action, il était incapable de la comprendre. Il était convaincu que l'égoïsme et la vanité sont les mobiles de tous les actes et qu'on ne peut gouverner les hommes que par leurs vices. »

Toute la classe portait avec vivacité ses yeux du maître au petit camarade et se demandait comment les choses allaient tourner entre Goliath et David. Mais M. Asmus, quand il eut fini de lire le texte, refusa toute bataille. Il dit avec conciliation :

– Le livre insiste trop sur les travers de Bonaparte. C'est un fait que Bonaparte a enthousiasmé des millions d'hommes. On peut dire aussi qu'il a rendu de diverses manières d'immenses services à l'humanité, et par exemple, il est probable que, sans lui, l'unité allemande se fût faite moins rapidement.

L'aventure fut rapportée par des élèves fils de fonctionnaires, à leurs parents, et dès le lendemain, le professeur fut appelé chez le directeur du collège, qui lui dit :

– Votre classe, Monsieur Asmus, est une des mieux conduites de notre maison, et je ne puis donner sur vous que de bonnes références. J'apprécie cet esprit de vérité et de justice dont vous venez de faire preuve. Mais, enfin, le livre est là par le choix de nos supérieurs, et l'on ne doit pas remettre en question ce que l'autorité a une fois décidé. Je profiterai de cette occasion pour vous rappeler qu'ici le rôle d'un bon Allemand est double : faire son métier et amener au germanisme les jeunes cervelles lorraines.

Le directeur parlait avec une grande bienveillance parce qu'il n'avait qu'un souci administratif, c'est-à-dire qu'il ne songeait qu'à éviter les histoires. Mais les professeurs, plus jeunes, plus libres, ne bridaient pas leurs dispositions philosophiques ; ils élargirent l'incident, et le pangermaniste, au cours du déjeuner, se chargea d'exprimer leur déplaisir. Ils eurent une conversation qu'il est intéressant, je crois, de rapporter en détail, afin que l'on connaisse l'état d'esprit de M. Asmus et que l'on fasse la différence des deux opinions allemandes principales sur l'Alsace-Lorraine.

– Asmus, nous sommes inquiets, dit le Pangermaniste. Hier vous vouliez que les Lorrains continuassent de parler français. Aujourd'hui vous approuvez un élève qui contredit notre enseignement. Quelle idée vous faites-vous du rôle d'un Allemand à Metz ? Où voulez-vous en venir ?

m. asmus
Je suis un bon garçon et je ne veux pas détruire les cerveaux de ces petits Lorrains. Vous savez bien que tous nous arrivons en Alsace-Lorraine avec le désir d'apprendre le français ; cela me semble fort que nous tâchions d'anéantir chez les indigènes ce que nous venons leur demander. Quant à ma conduite avec ce gamin qui aime Bonaparte, voici le fond de ma pensée : on dégrade les enfants, si on les prive de leurs vénérations propres, et je n'ai pas jugé que ce fût notre rôle de faner chez nos élèves l'enthousiasme.

le pangermaniste
Si messieurs les Lorrains se trouvent fanés par les vérités allemandes, qu'ils s'en aillent donc en France où l'agriculture manque de bras, comme ils disent. Et du vieux sol, nous verrons accourir une multitude, qui colonisera ce pays de la conquête, en chantant d'une seule voix les chants de nos pères… Laissez à d'autres, Asmus, le soin de flatter la bouderie de quelques Lorrains têtus, et soignons tous, bravement, les intérêts de notre grande race allemande.

m. asmus
Moi aussi, mes camarades, j'entends servir les intérêts de notre race. Je continue la chanson de nos pères, mais nous sommes au deuxième couplet. Ils ont conquis le sol ; à nous de conquérir les fruits du sol. Ici naissaient et se formaient des hommes, préparés depuis des siècles à la civilisation. Pourquoi ferions-nous dépérir cette société ? Notre venue est une crise pour elle, nous devons l'aider à la résoudre, prendre la direction de la prospérité générale, et ce qui nous manque, ce pays nous le fournira. Nous ne

sommes plus des soldats excités, mais d'heureux héritiers en possession d'un vieux et magnifique domaine. Il n'est pas permis de rien détruire sur ce territoire, sans avoir examiné, éprouvé toutes les valeurs qu'il renferme. Je crois qu'elles peuvent enrichir la vie allemande.

le pangermaniste
Ô mon cher collègue, on le devinait : vous êtes devenu un tenant de la culture française. Quelle mystification ! Que voyez-vous que nous puissions envier à ces vaincus ? Leur langue est claire, parce qu'ils ne vont jamais au fond des choses ; leur cuisine excite les sens ; la politesse de leurs salons n'est que le manteau de la débauche. Méfions-nous plutôt de ce qui subsiste ici de cette fameuse culture française : elle est un poison pour nos vertus mâles. Si nous n'y prenons garde, ce pays risque de nous énerver.

m. asmus
Laissez-moi vous dire que vous ne possédez pas une image vraie du pays messin. J'ai la chance d'être placé dans un milieu où je vois des choses qui m'ont libéré de plus d'un préjugé. Au début, j'étais comme vous ; je méconnaissais ce qu'il y a de véritable valeur humaine dans l'urbanité des gens de ce pays. Elle est chez eux un don de naissance, et puis une habileté légitime qui laisse intacte leur dignité. Vous parlez de notre discipline et vous croyez que la frivolité française nécessairement se dissipe, franchit toutes les bornes, se joue au hasard. Pourquoi n'allez-vous jamais à Nancy ? Sur la place Stanislas, vous verriez un sentiment souple, facile, heureux, et pourtant une œuvre précise, calculée, rigoureusement voulue, où tous les effets sont coordonnés, hiérarchisés, pour produire l'ensemble le plus noble et le plus aimable. Voilà ce que nous ne savons pas faire, car nous sommes incapables de maîtriser notre sentimentalité et notre humeur par notre raison. Ma propre expérience m'a conduit à reconnaître la légitimité de ce que nous appelons chez les gens de ce pays « chauvinisme » et qui est la conscience raisonnable d'une culture qu'il faut apparenter, mes chers collègues, à l'atticisme hellénique. Dans nos universités, nous nous proposons comme modèles les Hélènes ; mais nulle acquisition scolaire ne nous rapprochera d'eux. Un

esprit pénétrait, harmonisait toute leur vie. Je trouve ici quelque chose de cette unité. Vous le niez ? Mais je vis dans une famille lorraine, j'ai parcouru les villages, j'écoute parler des gens très modestes, auprès de qui je profite. Je sais, à Metz, des personnes qui ont un esprit de moquerie si étonnant qu'on pourrait les croire sèches et méchantes. Oui, elles pourraient l'être, si elles le voulaient, mais elles sont naturellement bienveillantes.

le pangermaniste

Asmus, Asmus, vous vous laissez prendre à des amitiés particulières. Elles vous empêchent de voir le grand rôle historique du peuple germain. Nous apparaissons toujours au milieu des civilisations qu'il faut régénérer et assainir. C'est le vieux service que nous avons rendu dans le monde. Aujourd'hui, tout ce qui a des origines germaniques doit retourner à l'empire. Nous réclamons l'Artois, la Picardie, la Flandre, la Champagne, la Bourgogne et la Franche-Comté. Bientôt leurs populations revivifiées seront tout heureuses de parler la langue de Schiller et de Gœthe. Voilà le plan, et rien n'empêchera l'expansion de notre force.

m. asmus

Eh bien, mon cher collègue, permettez qu'à mon tour je vous expose des idées qui naissent d'un amour de l'Allemagne au moins égal au vôtre. Comme vous, je dis que ce qui est beau, ce qui est pur, c'est le cœur d'un loyal Allemand ; aussi je ne veux pas le gâter en l'irritant contre une noble nation. Au contraire, je veux l'enrichir avec tout ce qu'il y a d'excellent sur son territoire. Vous parliez de Gœthe tout à l'heure. Rappelez-vous ce qu'il a écrit, que nous autres Allemands nous sommes d'hier et qu'il peut se passer plusieurs siècles avant que nous cessions d'être des barbares. Nous avons fait de grands efforts pour nous civiliser rapidement, et nous nous sommes surchargés au point que notre sensibilité n'a jamais pu se développer. Nous n'avons fait qu'absorber. Où est notre nature ? Nous devons être très contents que ce pays mette un peu de France à notre disposition. Gœthe, Schiller et beaucoup de grands hommes ont déclaré qu'il fallait à la pâte allemande un peu de levain français. Et voilà pourquoi la résistance lorraine me paraît une chose bonne, utile, conforme à nos intérêts. Il est possible que cette vie lorraine ne soit pas encore bienfaisante pour tous nos compatriotes. Mais peu à peu ils la reconnaîtront et ne pourront plus s'en passer. Elle ne les dénaturera pas, mais, je le sais par mon expérience, elle harmonisera leurs mœurs avec leurs rêves, elle répondra à leurs tendances profondes, et, loin de les contrarier, elle les élargira, les haussera. En conquérant ce pays, nos pères nous ont vraiment menés sur un plateau supérieur.

le pangermaniste
Je sais, Asmus, que vous n'êtes pas le seul dans ces idées. Il y a beaucoup trop d'Allemands, par ici, qui croient, comme vous, s'être hissés sur un plateau supérieur. Mais de votre élévation à tous, je ne vois que votre vertige. Vous vantez les Français, vous dites qu'ils sont l'ordre, l'harmonie, la mesure ; pourrez-vous joindre ces élégances à nos vertus germaines ? Le tout sera-t-il net ? Garderez-vous votre nature vraie, saine et droite ? Non, vous perdrez votre santé morale. Ici, il faut choisir : être d'Allemagne ou de France. Toute incertitude est mortelle. Asmus, vos collègues vous le disent amicalement : vous vous êtes exposé d'une manière coupable à de mauvaises influences. Vous croyez qu'elles vous ont élevé, nous souhaitons que le jour où elles se dissiperont, vous n'ayez pas perdu pour toujours votre équilibre. M. Asmus fort animé demanda le soir même à Madame Baudoche si elle voulait bien lui « cuire » désormais ses repas.

– Je suis sûre, dit-elle, Monsieur le docteur, que vous ne pouvez plus supporter cette cuisine allemande qu'ils vous font à la brasserie.

Et de la manière dont elle le disait, il semblait que ce fût pour elle un triomphe personnel. Mais elle ajouta avec modestie :

– N'allez-vous pas regretter la société de vos compagnons, qui sont des jeunes gens instruits ?

– Instruits, c'est possible, bougonna le docteur, mais peu intelligents.

Il raconta qu'il ne s'entendait plus avec eux, parce qu'ils avaient l'idée barbare de vouloir dénaturer les petits Lorrains.

— Ah bien, dit Madame Baudoche, s'ils s'imaginent qu'ils réussiront ! Ici, les Lorrains, ça sort du sol. Et les petits Krauss, là-haut, qui sont des café au lait, ils parlent mieux le français que l'allemand.

Au cours de la soirée, il fut convenu que M. Asmus, qui payait cinquante marks à sa pension pour son dîner de midi, donnerait quatre-vingts marks à Madame Baudoche pour ses deux repas. Mademoiselle Colette lui demanda s'il mangeait de la confiture avec ses rôtis. Et comme il disait que oui, ces dames le plaignirent et résolurent de lui faire renier la cuisine de Kœnigsberg.

Pour son déjeuner de début, il eut une quiche lorraine et des andouillettes.

— Comment, disait Madame Baudoche, depuis six mois que vous êtes à Metz, vous n'avez pas mangé d'andouillettes ! Mais on en vend jusqu'à Paris. Que mangiez-vous donc ?

Il déjeuna au vin, au petit vin gris de Lorraine, et ne regretta pas la bière.

— Je me sens, disait-il, plus de finesse d'esprit.

La nuit suivante, il rêva qu'il mangeait des andouillettes de Metz, auprès de Mademoiselle Colette, dans le décor de la place Stanislas et que ses collègues, assis à leur table, reconnaissaient leur erreur.

Il nous est difficile à la longue de ne pas accepter le rôle que nous prêtent deux femmes, quand la sympathie les inspire. Le professeur Asmus se voyant l'objet de la sollicitude inlassable et des avertissements des dames Baudoche, entra, sur toutes choses, dans le personnage d'élève. Au bout de huit jours, il s'émerveillait que les œufs n'eussent pas été accommodés deux fois de la même manière, et en même temps il jetait des regards pour savoir s'il les mangeait à la française.

Il apprit assez rapidement à ne pas mettre le coin de sa serviette à son cou, à ne pas manger avec son couteau, à ne pas plonger le nez dans son assiette, et, d'une manière générale, à boire, manger et souffler avec beaucoup moins de bruit.

Cette guerre que les deux femmes faisaient aux mœurs allemandes de leur convive contribuait à l'agrément de cette petite société. Elle donnait du piquant à la conversation ; elle permettait aux deux Lorraines de déployer leur malice naturelle.

Il y a dans toute cette région un genre de moquerie, parfois bien rustique, bien dure et qui patoise, un sentiment presque farouche de la personnalité, mais, à Metz, il prend un accent mieux policé. Dans l'ironie de Colette, on sentait, mêlée au rire facile de la jeunesse, quelque chose qui partait plutôt de l'âme que de l'esprit, une sensibilité profonde, qui repoussait, parfois un peu sèchement, ce qui lui était étranger. M. Asmus n'en était pas offensé, car la moitié du temps, il ne la sentait même pas. Et ces dames, en voyant qu'il ne se blessait jamais, le déclaraient un excellent garçon.

Par la force des choses, leur vie se passait presque en commun. Madame Baudoche lui portait toujours son café au lait dans sa chambre, mais elle pouvait, maintenant, arriver en retard de cinq ou dix minutes. Avant d'aller au collège, il entrait s'informer de la santé de Mademoiselle Colette. À table, au dîner de midi, il rapportait les incidents de la matinée, il signalait les maladresses de ses collègues, surtout il commentait le caractère de ses élèves ; et Madame Baudoche, animée par les noms lorrains qu'il citait, lui faisait l'histoire des parents de ces enfants, ce qui ramenait une fois de plus l'éloge du vieux Metz.

Comme le sujet était inépuisable, il fallait que Colette intervînt :

– Allons, maman, et vous, Monsieur le professeur, laissez-moi débarrasser la table.

Alors la vieille dame, souvent, se laissait persuader, tandis que sa petite-fille remettait toutes les choses en ordre, de passer dans le cabinet du jeune homme. Et quand ils étaient seuls, ce n'était pas toujours de vieilles histoires qu'ils parlaient, mais elle lui disait combien Colette était animée de pensées sérieuses, tout appliquée aux soins du ménage et au travail de couture, sans que sa gaieté la quittât jamais.

– Il ne me reste qu'elle et mes meubles, ajoutait la vieille femme, qui s'accoutumait à voir son locataire accueillir toutes ses pensées. Et c'est pour garder mes meubles à Colette que je conserve cet appartement un peu vaste et que j'ai accepté de prendre un pensionnaire allemand.

Le bon M. Asmus comprenait la contrariété que ce devait être pour une vieille Messine de loger un immigré. Il s'en allait à son collège, et vers quatre heures, après la classe, il passait dire un petit bonjour à ces dames, avec le souci que sa présence leur devînt un agrément.

– Vous travaillez trop, allons faire une petite promenade.

Cela, c'était sa marotte. Il y revenait continuellement, et ces dames, qui n'étaient jamais sorties avec lui que pour la conférence française et le théâtre, avaient de la peine à dire « non » sans le désobliger. Il ne soupçonnait pas que pour des Messines se montrer en public avec un Prussien, sans rime ni raison, c'eût été, sinon trahir, au moins se diminuer, déchoir. Il se croyait maintenant presque un membre de la famille.

Cette vie le remplissait d'un sentiment salubre et vrai. Sans doute il jouissait imparfaitement du bonheur domestique, mais le tempérament de ces races du Nord est paisible, et le jeune homme appréciait avec une chaste délicatesse, ces scènes familières et douces, cette quiétude d'un foyer messin.

En même temps, il éprouvait quelque fatuité d'être initié aux raffinements français. Il en faisait une suite de leçons à sa fiancée, et se proposait de les introduire dans la famille qu'ils allaient bientôt fonder.

Involontairement, il compare cette petite Colette aux Gretchen de chez lui. Elle a de jolies manières de servir ce qu'elle offre, avec je ne sais quoi de léger qui tient à la personne. Son esprit est plus ferme que celui d'une jeune Allemande et surtout plus clair. Comme elle sait plaire à tous ! Une telle jeune fille achalanderait le plus médiocre bureau de tabac. Mariée avec un officier, elle le conduirait certainement au grade de général. Son adresse à faire des robes semble le goût d'une fille de roi.

Un soir, en élevant sur le poing un projet de corsage, elle s'écria gaiement :

– Ceci, Monsieur le docteur, c'est pour moi.

– Je trouve que vous devenez coquette, Mademoiselle Colette.

– Il faut bien pour l'été renouveler sa garde-robe.

Et le gros homme émerveillé reliait ces rubans et ces mousselines à tout ce qu'il avait vu, depuis six mois, d'aimable et de léger : il pensait à la conférence où rien n'était lourd, à la place Stanislas parfaite de proportions, à la langue française toute mesure et clarté, enfin aux jolis villages messins posés dans des paysages épurés. « Comment, bougonnait-il, mes collègues, ne voient-ils pas que cette unité de style, jadis réalisée par les Grecs, nous la retrouvons ici vivante ? »

Huit jours plus tard, il apparut avec un vêtement d'été et un chapeau de paille. Ces dames lui firent des compliments et dirent qu'on voyait bien que sa jaquette avait été coupée à Metz.

Ce soir-là, Mademoiselle Colette venait de terminer sa robe et son corsage. Il demanda la permission de les prendre avec sa grosse main, et il riait. Il était sensible à la légèreté et à l'amabilité de ces vêtements considérés en eux-mêmes. Ce sont des objets précieux, respectables et délicats, le fruit d'une aimable industrie et consacrés par leur usage, quelque chose de familier et devant quoi, pourtant, il faut s'incliner. De toutes ses forces pédantes, il admirait cette jeune fille (pareille à toutes les Messines) et qui savait (comme elles toutes) exécuter un chef-d'œuvre de goût, de sobriété…

– Quelle ceinture me conseillez-vous de mettre là-dessus, Monsieur Asmus ?

– Du rouge ou du jaune peut-être.

Elle partit d'un éclat de rire.

– Du rouge ou du jaune sur du mauve ! Mais non, Monsieur le docteur ; je mettrai une ceinture mauve comme les fleurs du tissu.

Il reconnut, en rougissant un peu, que dans son pays, on n'avait pas le sens des couleurs. Pourtant Boecklin…

– Eh bien ! dit-elle en l'interrompant, laissez-moi vous dire que votre costume neuf est très bien, mais que votre cravate jure ; et si vous le permettez, j'achèterai de la soie, et je vous en ferai une, moi.

Il était enchanté, et, de plus en plus, rêvait d'une belle promenade pour conduire à travers la campagne Mademoiselle Colette, dans son costume neuf.

Les murs eux-mêmes l'entêtaient dans son idée, les murs de Metz qui, vers juillet, commencent à se couvrir d'affiches arc-en-ciel disant :

Les jeunes gens de Lessy (ou de Woippy, ou de Lorry, et successivement de tous les villages) ont l'honneur d'inviter les habitants de Metz et des environs à venir célébrer avec eux leur fête patronale qui aura lieu le...

Beaux jardins ombragés, jeux de mouton et d'oie, carrousel et divertissements de tout genre.

Relève-selle et retraite aux flambeaux, le dimanche suivant

Mais ces dames éludèrent son invitation jusqu'au soir où, tout animé de plaisir, il leur jeta dès le seuil de l'appartement :

– Bonne nouvelle ! Nous triomphons ! L'ordonnance sur la suppression du français est rapportée.

Il avait dit nous d'une manière si vive que ces dames en furent touchées. Et cette fois, elles consentirent au projet qu'elles écartaient depuis des semaines. Madame Baudoche proposa de visiter Gorze et son château, et l'excursion fut décidée pour le dernier dimanche de l'année scolaire, c'est-à-dire, la veille du jour où M. Asmus s'en irait à Kœnigsberg pour la durée des vacances.

Par une chaude matinée d'août, Madame Baudoche, Colette, M. Asmus et les deux petits Krauss s'installèrent dans le train jusqu'à la frontière, au long de la Moselle où s'essaiment Ars, Jouy, Ancy, Dornot et Corny. À Novéant, ils prirent le courrier pour Gorze.

Le soleil dardait sur la vieille petite diligence, qui les serrait, les secouait et les cuisait. Colette et les deux enfants s'amusaient de tous les imprévus d'une partie de campagne ; M. Asmus avait du plaisir de sa cravate et de son chapeau de paille ; quant à Madame Baudoche, elle reconnaissait chaque partie de cette vallée où, jadis, son mari et son fils régissaient toutes ces belles cultures pour le compte de la famille V...

À cinq cents mètres avant d'arriver à Gorze, au bout d'une prairie et sur les premières pentes des collines, un petit parc voilait une habitation d'assez belle apparence.

– C'est là, dit-elle ; c'est le château.

Un ruisseau large et rapide, où brillait un petit pont tout blanc, coulait au bas des jardins. Et sous l'immense soleil, la propriété plaisait par cette eau courante qui mouillait sa prairie. Ce coin de terre rafraîchissait tout le paysage et semblait dans cette journée d'août une vasque de fraîcheur. Les deux enfants assoiffés regardèrent ce paradis d'ombrage en tirant la langue comme des caniches, mais il ne fut pas question de descendre de voiture. Tout le monde s'accorda, pour remettre à l'après-midi la visite qu'on y devait faire. La grosse question, c'était d'abord le déjeuner.

L'hôtelier, que la petite troupe alla trouver tout droit au débarquer, demandait une demi-heure.

– Prenez une heure, dit M. Asmus, une bonne heure. C'est au moins ce qu'il nous faut pour examiner les curiosités du bourg.

– Mais il n'y a rien, disait Madame Baudoche.

Le professeur commença d'énumérer, d'après son guide, le palais abbatial du dix-huitième siècle, devenu un hospice de vieillards, l'emplacement de la fameuse abbaye primitive, l'église et diverses maisons pittoresques.

Positivement, depuis son voyage à Nancy la beauté lorraine et messine était devenue la chose de M. Asmus.

Dans ces communes placées en dehors du chemin de fer et qui n'ont pas de douaniers ni d'employés de gare, c'est absolument comme si l'annexion n'existait pas. À Gorze, l'église, les tilleuls, les maisons et les gens sont d'autrefois, bien à la française. Oui, les maisons, comme, les gens, ont des visages reposés, clairs, d'une honnêteté limpide. Madame Baudoche perçoit le charme épars de cette ville où flottent ses souvenirs, mais il n'y a que M. Asmus pour remarquer et nommer par leurs noms des choses si familières à tous. Voilà-t-il pas qu'au milieu de la ville, sous le soleil de midi, devant une bonne petite maison ancienne, toute spirituelle, où des mascarons au-dessus de chaque fenêtre représentent des femmes coiffées à la mode du dix-huitième siècle, il commence une sorte de conférence :

– Ces femmes en fanchon, dit-il, toutes prêtes pour la conversation dans le parc, ont quarante-cinq ans. Et cela, c'est bien français de donner de l'agrément à des personnes mûres, et de prolonger le bonheur dans la vie de la société.

Les deux enfants énervés par la faim et par cette érudition se plaignirent de la chaleur. Colette leur glissa deux doigts dans le cou, pour tâter si leurs petits corps étaient en moiteur.

– Bon ! Vous avez très chaud et très faim. Vous l'avez dit trois fois. C'est entendu, n'en parlons plus. Qu'est-ce que des petits soldats qui ne savent pas marcher sans se plaindre ?

– C'est bon, Mademoiselle, disait M. Asmus, s'il leur fallait grimper jusqu'à Gravelotte, vous verriez qu'ils ont des jambes.

Ainsi, un commun idéal d'honneur militaire est invoqué par les deux jeunes gens, de la manière la plus simple, à deux pas du tragique plateau de Gravelotte, sans que nul ne précise au service de quelle nation. Ils écoutent, accueillent les grandes leçons de sacrifice que donne cette terre, mais ils ne songent pas à s'en armer les uns contre les autres. M. Asmus et Colette n'ont pas oublié ni cessé de ressentir les événements de la guerre ; seulement, ils les pensent par une claire journée de soleil, au cours d'une partie de plaisir.

En traversant la place, tous les cinq lisent avec intérêt, sur l'hôtel de ville, l'inscription commémorative de la générosité des Anglais qui, après les batailles de 1870, envoyèrent des semences à cette région dévastée. Puis ils vont gaiement s'asseoir à l'auberge et manger d'excellentes pommes de terre frites, des pommes anglaises, petites-filles de celles qui passèrent la Manche.

Trois autres tables sont occupées par des groupes qui parlent, tous, la courtoise langue française. On ne crie pas, on mange proprement un délicat fromage de petit cochon au vin blanc. M. Asmus savoure la perfection de cette vie policée ; il pense : ce sont vraiment des plaisirs de gentilhomme. Il admire comment l'hôte vient, avec bonne grâce et sans excès d'empressement, s'assurer que chaque convive est satisfait.

L'aimable aubergiste, en s'approchant de leur table, s'exclame :

– Mais je ne crois pas me tromper, c'est cette bonne Madame Baudoche.

Et la vieille Messine, après les premiers plaisirs de la reconnaissance et quand ils ont affirmé que ni l'un ni l'autre, depuis dix-huit ans, n'a vieilli, dit avec sérénité, en femme qui tient à l'opinion d'une compatriote :

– Monsieur est un professeur de Metz qui loge dans notre appartement. Et, pour une fois, comme il aime beaucoup notre pays, nous avons voulu lui montrer Gorze et le château.

Elle aurait causé inépuisablement du beau temps de jadis, mais la jeunesse réclamait le départ, et des nuages se montraient dans le ciel.

À trois heures, ils partirent à pied vers le château. C'était un faible détour sur la route qu'ils avaient à suivre pour monter à la Croix-Saint-Clément, et de là regagner, sur la Moselle, la gare d'Ancy.

Par une allée d'ormes, mal entretenue et tombée au rang de chemin d'exploitation, ils arrivèrent dans une petite cour qui réunissait le château et la ferme. Nul ne leur demanda ce qu'ils voulaient. On entrait là maintenant comme dans un moulin.

C'était une propriété moyenne très caractéristique de la gracieuse civilisation messine. La grande façade étendait du côté de la route ses trois étages crépis et ses fenêtres cintrées, embellies d'un mascaron. Une grande porte à petits carreaux menait de la salle à manger sur un perron de trois marches et sur une vaste terrasse, que bordait une balustrade en pierre, décorée de paniers fleuris. De là, par une belle rampe, on descendait dans un jardin à la française. Un ruisseau le fermait, que l'on pouvait franchir, comme nous l'avons dit, sur un petit pont blanc, pour rejoindre la route à travers les prés de la ferme.

Tout cela avait composé un ensemble extrêmement gai, d'un dix-huitième siècle rustique, un vendangeoir pour membre du vieux parlement de Metz ou pour conseiller à la cour. Ici naissaient, duraient, se succédaient de belles vies modérées ; on ne les voyait pas de très loin, Paris n'y pensait guère, mais elles poussaient de puissantes racines et formaient à la France un abri contre les tempêtes de l'Est. Hélas ! Depuis trente ans, le château de la famille de V... a connu bien des maîtres. Tous ont travaillé à faire d'une propriété noble et simple une chose prétentieuse. Ils ont barbouillé en vert tendre les façades, bousculé les parterres et dressé sur les rocailles un peuple de magots. Comment auraient-ils senti l'ordonnance d'un jardin à la française ? Des ornières profondes déshonorent les allées d'où le sable a disparu ; les coins obscurs, les carrefours humides se sont multipliés ; des mousses verdâtres, sorties de la terre spongieuse, répandent partout un air de vétusté, et les arbres, poussés à l'abandon, ferment les vues de la campagne. Dans la maison, mêmes ravages : les petites boiseries blanches, recouvertes d'un badigeonnage marron ; en place des choses claires, gaies, naturelles et tout unies, partout des tentures sombres et cacao, des services à bière en cuivre, le portrait de l'empereur en chromo, un Bismarck de plâtre forgeant l'épée de l'empire… Bref une propriété avilie.

C'est le sort de tous les châteaux lorrains tombés aux mains des Allemands. Qu'ils achètent par ordre de l'empereur ou par plaisir, le rythme ne change guère : ils commencent par planter sur la terrasse un mât à pavillon, gigantesque mirliton, noir, blanc et rouge, surmonté d'une boule dorée, avec une ficelle pendante. Le grand plaisir d'un châtelain allemand, c'est de pavoiser en tout occasion : pour la fête de l'empereur et de l'impératrice, pour l'anniversaire du vieux Guillaume ou de Bismarck, et chaque fois qu'il vient des troupes dans le pays. Puis ils s'occupent à dénaturer le domaine, bientôt s'en lassent et le revendent à quelque autre gâcheur.

L'âme de deux siècles de vie française palpite encore dans ces demeures déchues. En se promenant à travers les jardins de Gorze, Madame Baudoche retrouve des fantômes modestes, des divinités rurales et potagères dont elle écoute pieusement les voix.

Il est impossible de rendre ce que l'on éprouve si l'on vient réveiller une maison, un paysage après des années d'absence. Un profond silence enveloppe notre cœur et nous sentons s'élever du sol tout un monde de poésie où domine l'idée de la mort. La vieille dame fit dans ce paradis de sa jeunesse une promenade assez semblable à une visite au cimetière, un jour de Toussaint. Son esprit, incliné par ce pèlerinage aux sentiments religieux, lui faisait revoir, à la porte de l'église de Gorze, le dimanche, ses maîtres qui gagnaient leur berline après avoir prié sur la tombe de leurs morts. Une prière de fidélité se formait spontanément dans son cœur.

Du château, la petite troupe s'éleva, le long des taillis et des vignes, au-dessus de la forêt, pour gagner la Croix-Saint-Clément. Comme ils l'atteignaient, quelques gouttes de pluie commencèrent à tomber, et tous cinq se mirent à l'abri sous le bouquet de tilleuls qui l'avoisine.

La Croix-Saint-Clément commémore une légende des premiers temps de l'église messine. Elle se dresse sur un chaume, à la pointe extrême du plateau de Gravelotte. C'est un des plus beaux points de vue mosellans. De ce belvédère, on domine la rivière sinueuse et brillante, au moment où sa vallée s'élargit pour devenir la plaine dans laquelle Metz s'étale. Et sur l'autre rive, en face, derrière les deux énormes taupinières de Sommy et de Saint-Blaise, on voit se perdre à l'infini l'austère plaine de la Seille.

Le vent souffle toujours sur ce tragique plateau de Gravelotte. Il venait aujourd'hui de France, de Mars-la-Tour, et poussait dans le ciel de Metz une queue d'orage, des nuages frangés, noirs et lourds, la plupart empêchés de tomber par la rapidité de leur course. Ils glissaient, se séparaient, se retrouvaient sans cesse et coulaient toujours. Sous l'influence de ces choses aériennes qui fuient, la campagne faisait et défaisait ses contours avec une saisissante mobilité. Des traînées lumineuses voyageaient sur les côtes, sur la rivière, sur le canal rectiligne qui la double de ses miroirs ; elles atteignaient un bois, un village pour l'illuminer quelques minutes, et déjà le replonger dans l'ombre. En se reflétant sur la terre, ces lourdeurs du ciel prennent une légèreté magique ; elles y dessinent mille formes fugaces et d'instables clartés. La Moselle noire, émotive, change de tons comme un serpent. Au loin, à droite, le pays de la Seille, qui tout à l'heure brillait, s'enténèbre. Et voici que les nuées allument sur l'horizon le pays messin. Au milieu de l'immense paysage obscur et tout au bout de la vallée noire, seul, maintenant, c'est le fond qui brille et qui semble nimber d'une gloire la douce cité de Metz.

Un tel spectacle aurait agi sur l'âme la plus froide et donné au moins philosophe quelque sentiment de la mutabilité des choses. Madame Baudoche revoyait le spectacle le plus saisissant auquel elle eût assisté et certainement le plus tragique de l'histoire moderne en Lorraine :

– Regardez cette route, en bas, disait-elle, la route de Metz à Nancy. Nous y avons vu, ton grand-père et moi, des choses à peine croyables. C'était à la fin de septembre 1872, et l'on savait que ceux qui ne seraient pas partis le 1er octobre deviendraient Allemands. Tous auraient bien voulu s'en aller, mais quitter son pays, sa maison, ses champs, son commerce, c'est triste, et beaucoup ne le pouvaient pas. Ton père disait qu'il fallait demeurer et qu'on serait bientôt délivré. C'était le conseil que donnait Monseigneur Dupont des Loges. Et puis la famille de V… nous suppliait de rester, à cause du château et des terres. Quand arriva le dernier jour, une foule de personnes se décidèrent tout à coup. Une vraie contagion, une folie. Dans les gares, pour prendre un billet, il fallait faire la queue des heures entières. Je connais des commerçants qui ont laissé leurs boutiques à de simples jeunes filles. Croiriez-vous qu'à l'hospice de Gorze, des octogénaires abandonnaient leurs lits ! Mais les plus résolus étaient les jeunes gens, même les garçons de quinze ans. « Gardez vos champs, disaient-ils au père et à la mère ; nous serons manœuvres en France. » C'était terrible pour le pays, quand ils partaient à travers les prés, par centaines et centaines. Et l'on prévoyait bien ce qui est arrivé, que les femmes, les années suivantes, devraient tenir la charrue. Nous sommes montés, avec ton grand père, de Gorze jusqu'ici, et nous regardions tous ces gens qui s'en allaient vers l'Ouest. À perte de vue, les voitures de déménagement se touchaient, les hommes conduisant à la main leurs chevaux, et les femmes assises avec les enfants au milieu du mobilier. Des malheureux poussaient leur avoir dans des brouettes. De Metz à la frontière, il y avait un encombrement, comme à Paris dans les rues. Vous n'auriez pas entendu une chanson, tout le monde était trop triste, mais, par intervalles, des voix nous arrivaient qui criaient : « Vive la France ! » Les gendarmes, ni personne des Allemands n'osaient rien dire ; ils regardaient avec stupeur toute la Lorraine s'en aller. Au soir, le défilé s'arrêtait ; on dételait les chevaux ; on veillait jusqu'au matin dans les voitures auprès des villages, à Dornot, à Corny, à Novéant. Nous sommes descendus, comme tout le monde, pour offrir nos services à ces pauvres camps volants. On leur demandait : « Où allez-vous ? » Beaucoup ne savaient que répondre : « En France… » Et quand ton grand-père leur disait : « Comment vivrez-vous ? » Ils répétaient obstinément : « Nous ne voulons pas mourir Prussiens. » Nous avons pleuré de les voir ainsi dans la nuit. C'était une pitié tous ces matelas, ce linge, ces meubles entassés pêle-mêle et déjà tout gâchés. Il paraît qu'en arrivant à Nancy, ils s'asseyaient autour des fontaines, tandis qu'on leur construisait en hâte des baraquements sur les places. Mais leur nombre grossissait si fort qu'on craignit des rixes avec les Allemands, qui occupaient encore Nancy, et l'on dirigea d'office sur Vesoul plusieurs trains de jeunes gens… Maintenant, pour comprendre ce qu'il est parti de monde, sachez qu'à Metz, où nous étions cinquante mille, nous ne nous sommes plus trouvés que trente mille après le premier octobre…

Comment un professeur allemand aurait-il entendu cette description sans revoir le premier chant d'Hermann et Dorothée ?

Le héros de Gœthe trouve un paisible bonheur au milieu des infortunes de la guerre. M. Asmus, en écoutant les plaintes de la vieille Messine, entrevoit qu'il peut, lui aussi, construire dans ce désastre l'édifice de sa vie.

Quelle différence avec l'état d'esprit qu'il apportait, au lendemain de son arrivée à Metz, sur la haute terrasse de Scy ! Comme il regardait alors la Lorraine avec sécheresse ! Il était un brave Germain, paisible et peu éveillé, bien installé sur la solidité allemande. Depuis, il a cru se trouver une véritable destination dans l'étude continue d'une culture supérieure, mais il en éprouve un malaise. Ce n'est pas un plein emploi de ses forces : il ne peut y faire jouer que sa curiosité. Or, il voudrait satisfaire tous les besoins d'une nature affectueuse et juste, se dépenser sans réserve, mettre en œuvre à la fois son cœur et son esprit. En écoutant Madame Baudoche, il vient d'avoir une illumination : il a entrevu cet état d'équilibre stable où il accorderait son Allemagne intérieure avec cette Lorraine. Il croit pouvoir déployer ici sa véritable et pleine activité. « Ces provinces, pense-t-il, ont été soumises, après l'annexion, à une épuisante saignée. La plupart de ceux qui devaient être le sel de ce pays l'ont abandonné. C'est à nous de reformer une Lorraine virile. Recueillons l'héritage, soumettons-nous aux influences du sol et de la frontière voisine. Dans cette forme messine, où la force fait défaut, nous apportons la plus riche matière humaine… »

Ainsi rêve le jeune Allemand, et voici qu'un arc-en-ciel se lève des prairies. Plus de vent ; tout est apaisé ; quelques coins d'un bleu Nattier apparaissent dans les nuées. Sur les pentes du plateau, où les écorchures montrent une terre ocreuse et pierreuse, des pêchers, des mirabelliers et quelques groupes de noyers font flotter de la fantaisie au-dessus des vignes mouillées ; dans les prés de la Moselle, au milieu des saules d'argent et des petits bois, si doux, si pacifiques, le vieil aqueduc romain de Jouy met une poésie à la Hubert Robert. Facile paysage aux croupes arrondies, avec juste un petit clocher pour lui donner du piquant.

L'heure conseille à l'étranger un sentiment résolu, joyeux ; il voit au ciel un signe d'alliance ; et cette campagne, après l'orage, pleine, énergique, luisante, semble prête à contenir encore des existences fortes. Son émotion, qui cherche un objet vivant, se rassemble sur la jeune Messine. Il songe qu'après une averse, en été, la lumière sur les prairies a la jeune noblesse du regard de Colette, émue des malheurs de sa nation. Il l'admire comme une gerbe, poussée après le passage des premiers ouvriers porteurs de faucilles, et qu'un de leurs fils, peut-être, viendra cueillir pacifiquement à la main. Un chant s'exhale de son cœur, un chant scolaire et cependant spontané : « Maintenant, je connais le pays où les mirabelliers fleurissent, où dans la prairie étincelle la rivière la plus limpide. Un double vignoble l'encadre, surmonté parfois de forêts. Sous le ciel bleu de Lorraine souffle un vent qui trempe les âmes. C'est là que passe notre route. Ô mes pères, je suis arrivé… »

– Petits Krauss, dit Madame Baudoche, avant que nous partions, lisez-nous donc ce qui est écrit contre la croix.

Les deux enfants déchiffrèrent à haute voix l'inscription qui décore la pierre cerclée de fer :

Passant, souviens-toi que sur cette pierre, ci de face placée, saint Clément, d'après la tradition, a prié et a laissé l'empreinte de ses genoux, lorsque, pour la première fois, il aperçut d'ici la grande cité de Metz.

Ils descendirent, le long de la côte, vers la gare. M. Asmus et Colette admiraient les vignes et disaient :

– La pluie leur sera profitable, car les grappes sont déjà formées.

Et tous les deux, avec un cœur charmant de simplicité, se réjouissaient d'une richesse qui ne leur appartenait pas.

Les petits Krauss, qui couraient en avant, remontèrent en hâte la pente pour leur montrer une famille à cent mètres sur le côté.

C'était évidemment une famille allemande. Le père tenait un arbre incliné avec le bec de sa canne qu'il serrait à deux mains. Les enfants bondissaient et cueillaient pour eux et pour leur mère.

– Qu'est-ce qu'ils mangent ? disaient les deux Krauss.

– Oui, qu'est-ce qu'ils mangent ? reprenait Madame Baudoche. C'est admirable, Monsieur le docteur, comme vos compatriotes savent se nourrir partout.

Elle dit cela avec une âpreté qui surprit les deux jeunes gens, car ils n'avaient vu, dans toute cette journée pleine de souvenirs où s'écorchait la vieille Messine, que la surface, une belle nappe lisse et brillante sous leur regard ignorant.

Colette craignit que le professeur ne fût offensé.

– Ma grand'mère aime à taquiner, dit-elle, après qu'ils eurent gagné quelque avance sur la vieille dame un peu lasse. Elle n'est pourtant pas injuste, vous le savez. Elle reconnaîtra toujours ce qu'il y a d'honnête et de loyal chez vos compatriotes. Mais elle a vécu au temps français…

Le bon Allemand l'interrompit :

– Je vous entends, Mademoiselle, ma situation vis-à-vis de mon père est la même que la vôtre auprès de Madame Baudoche. Il ne peut comprendre ce que j'admire dans vos familles françaises, parce qu'il a formé toutes ses idées dans l'excitation de la guerre. Mais je veux, durant ces vacances, l'obliger à reconnaître que le pays de la conquête est plus beau qu'il ne l'a vu, et que, pour nous autres Allemands, c'est la terre de l'espérance.

La caravane était arrivée au village d'Ancy et se dirigeait vers la gare, en traînant un peu la jambe dans la poussière de la grand'route. C'était six heures du soir, quand le soleil incliné rend aux bois leur fraîcheur, à la vallée de l'ombre et aux villages leur vivacité. On s'installa, en attendant le train, à des tables de bois, devant des verres de bière et de sirop. On est très bien sous les tilleuls, auprès des saules de la gare d'Ancy.

Nos promeneurs se taisaient en écoutant les oiseaux sur les arbres et, dans le jardin, un couple de petits bourgeois messins, un vieil homme avec sa femme. Celui-ci récriminait à voix haute, en français, sur une mesure de police. Il agaçait deux jeunes Allemands à la table voisine. Et quand il appela l'aubergiste, l'un d'eux lui cria :

– Ne faites pas tant de bruit, et, en général, si vous parlez, parlez ici en allemand.

Il ajouta d'une voix basse, mais distincte :

– C'est insupportable, ce qu'on se permet ! Voilà trente-sept ans que nous sommes dans le pays. Ces voyous auraient eu le temps d'apprendre l'allemand.

Cette querelle fit horreur à M. Asmus, car, durant tout ce jour, il avait maintenu en lui un état d'esprit calme et bienveillant et voici qu'on venait troubler la pureté de ses impressions. Il sentait la petite Colette bouleversée d'une telle injure. Ce fut pis, quand le bonhomme messin, rouge de colère et repoussant sa prudente épouse, riposta :

– Je parle la langue que je veux. Et ce n'est pas vous, jeune freluquet...

Le freluquet bondit, la main levée. Alors, M. Asmus n'y tint plus et il cria en allemand, d'un ton que les dames Baudoche ne lui connaissaient pas, le ton rogue des officiers :

– N'avez-vous pas honte ? De quel droit voulez-vous régenter ici leur langue ? Des êtres comme vous sont la honte de notre race. Apprenez d'abord à vous conduire dans la vie avant de vouloir gouverner celle des autres.

Ah ! quel est celui-la ? Les jeunes insolents ne bougent plus. Ils ont pris M. Asmus pour un officier en civil.

D'ailleurs le train arrive et coupe court à la querelle.

La rentrée jusqu'à Metz se fit dans un silence plein d'émotion. Colette regardait avec reconnaissance M. Asmus, encore tout soufflant de fureur. C'est peut-être le suprême plaisir d'une femme, qu'elle soit une brillante Célimène ou cette petite Colette, si elle voit qu'elle a retourné les opinions d'un homme.

Quant à Madame Baudoche, toujours d'esprit solide et courageux, elle s'évertuait à chercher qui pouvait bien être ce vieux bourgeois peu patient.

La bonne dame mangea peu et se retira très vite. M. Asmus demeura quelques instants auprès de Colette qui commençait à desservir.

Au moment de la quitter, il lui donna la main, comme chaque soir, et il lui dit qu'il espérait bien qu'à son retour, en septembre, on recommencerait une aussi belle promenade.

Elle rougit et répondit :

– Monsieur le docteur, comme vous avez été bon aujourd'hui !

Ces mots troublèrent le jeune homme, déjà énervé par le grand air et les incidents de la journée.

– Je rêve, dit-il, de crier, une fois, à la face de mes compatriotes, quel crime ils commettent dans ce pays.

– Ah ! ce serait beau, Monsieur Asmus, de nous protéger ainsi, répondit-elle avec feu.

Saisi par ce cri de reconnaissance, il eût voulu, dans cette minute, la défendre contre tous. Un nuage de jeunesse passa devant son esprit, et, brusquement, il voulut embrasser la jeune fille.

Elle se dégagea et courut, toute frémissante, dans la pièce où sa mère était endormie.

Ainsi, cette belle promenade finit comme toutes les bonnes parties de campagne au mois d'août. Qu'il soit venu de la Prusse lointaine, qu'elle ait été formée sur les débris d'un passé sacré, cela ne change rien à l'affaire. La jeunesse et la saison les ramènent dans les bras de la nature. C'est banal et, pour cette fois, l'aventure n'est pas accompagnée d'un chant qui vaille d'être noté. Dans cette nuit du dimanche au lundi, les alouettes du jardin de Vérone n'ont pas chanté sur le quai Félix-Maréchal. Nous nous en félicitons. Le climat moral de Metz nous dispose à sentir comme une effronterie la manière dont les deux jeunes Italiens dénouent la querelle de leurs parents. Et d'ailleurs, ici, dans cette ville qu'Allemands et Français se disputent, qu'est-ce qu'une querelle de Capulet et de Montaigu !

La pauvre Colette dormit très mal.

Le matin venu, elle dit la chose à sa grand'mère.

– Il t'a embrassée... mais il est fiancé ! s'écria Madame Baudoche.

Puis elle reprit :

– ... et Prussien !

Les deux femmes, réunies dans la salle à manger, discutaient confusément, quand M. Asmus, au bruit de leurs voix, vint les rejoindre.

Il avait une figure bouleversée qui, d'abord, toucha Colette.

– Madame Baudoche, dit-il, je viens implorer votre pardon. Hier soir, entraîné par l'émotion, j'ai obéi à un mouvement involontaire. Ne croyez pas que j'aie cédé à un caprice. Cette minute m'a renseigné moi-même sur un fait qui m'est apparu brusquement comme une révélation : c'est que j'aime Mademoiselle Colette... Je me suis interrogé, j'ai compris la raison de l'ascendant que Mademoiselle Colette exerce sur moi depuis une année. Et je dois vous le dire : quoi qu'il advienne, je ne puis plus épouser ma fiancée d'Allemagne, puisque ma conscience me dit que j'aime votre fille. Je dois avertir l'autre et lui redemander ma parole... Mademoiselle Colette, voulez-vous être ma femme ?

La jeune fille, touchée de cette attitude loyale, répondit avec gêne :

– Monsieur le docteur, vous le savez bien, j'ai beaucoup de sympathie pour vous, mais laissez-moi me reprendre, réfléchir.

Puis elle se tut.

Et lui, se tournant vers Madame Baudoche, continua :

– Si vous me donnez votre fille, je serai pour elle, toute sa vie, un compagnon dévoué. Ayez donc pleine confiance en moi.

– Ah ! Monsieur le docteur, dit-elle, je vous estime ; je suis une vieille femme, et ce serait ma consolation de voir, avant que je meure, l'existence de ma petite-fille assurée…

Colette commençait de pleurer.

– Laissez-la, Monsieur Asmus, continua la vieille dame. Vous voyez comme elle a du chagrin. Elle a raison de demander à réfléchir. Et vous-même, ne faut-il pas que vous preniez du temps, pour vos parents, pour cette demoiselle de Kœnigsberg ?… Allez d'abord en vacances.

On décida d'attendre un mois. Et le soir même, c'était le 7 août, le professeur partit, sur la promesse que dans trente jours il aurait une réponse.

Comme un timbre heurté vibre encore, après que tout bruit s'est effacé, Colette, durant ce mois d'août, ne cessa pas de résonner aux paroles de l'absent. On ne la vit plus, toute vive et mobile, glisser le long du quai, jeter un bonjour, au passage, à l'hôtelière de la Ville de Lyon, plaisanter chez la fruitière et surprendre les petits Krauss en leur mettant la main sur les yeux. Elle restait parfois des heures dans la chambre, sans rien répondre que des monosyllabes à sa grand'mère.

Celle-ci éprouve avec chagrin son impuissance à être utile à sa petite-fille. Elle a épuisé, dès le premier moment, tout ce qu'elle pouvait lui dire pour et contre ce mariage, et ne sort plus guère d'un : « C'est bien dommage qu'il soit Allemand ! » Pauvres paroles, mais ce sont des problèmes qu'il est plus facile de trancher au café-concert à Paris que dans les rues germanisées de Metz. Comme on met du foin, du coton et du papier autour des objets délicats, elle bourre de pensées quelconques leurs causeries, pour ne pas toucher à l'essentiel. Sa répugnance envers les Allemands est plus vive que celle de sa petite-fille, car, les jours d'aujourd'hui, elle les compare à sa jeunesse, mais à mesure qu'elle voit les démolitions s'étendre, la sexagénaire tremble qu'après elle Colette ne demeure sans abri. Et puis il y a des considérations immédiates. Au bout de quinze jours, elle dit :

– Petite, il faudra te décider, car, si tu le refuses, nous devons remettre l'écriteau à sa fenêtre.

Ce n'est pas là-dessus que se décide une fille de dix-neuf ans. Colette ne peut rien répondre... Elle eût paru bien touchante à qui l'aurait vue, commandée par la nature la plus saine et, en même temps, si désireuse d'agir au mieux de l'honneur.

C'était le moment où, chaque année, les Dames de Metz demandent aux jeunes filles de composer les guirlandes qui décoreront la cathédrale, pour la messe commémorative des soldats morts pendant le siège. Colette a reçu des papiers d'argent, des fleurs, des perles, de la gaze. Elle se met à la tâche avec zèle. Mais durant son travail, souvent, son cœur est prêt à crever, moins d'un chagrin d'amour qu'à cause d'aimables habitudes perdues.

Elle se rend compte que, dès qu'elle a vu M. Asmus, elle l'a nommé dans son cœur un bon et loyal garçon et qu'elle n'avait ajourné d'en convenir que pour des causes étrangères à son instinct. L'appartement qui avait pris du professeur quelque chose de sonore et de plein, paraît aujourd'hui plus humble, en pénitence et veuf. Elle songe comme, avec passion, à la clarté de la lampe, le soir, le jeune homme l'a, une seconde, tenue dans ses bras, et comme, le matin, avec loyauté, il lui a dit son désir qu'elle devînt pour la vie sa femme. Mais là, quelque chose l'embarrasse, un obstacle sensible à sa raison.

Elle voit son roman dominé, tout comme un amour de tragédie, par la politique. Et au lieu de se demander bonnement, simplement : « Serai-je heureuse avec Frédéric ? » il faut que cette petite logeuse du quai Félix-Maréchal, tout en découpant la gaze et le papier, recherche où se trouve sa place et s'il est plus honnête, pour une Messine, de conquérir un Prussien aux idées françaises ou de le rejeter aux Gretchen.

Colette Baudoche est une petite Française de la lignée cornélienne, qui, pour aimer, se décide sur le jugement de l'esprit. Elle délibère, elle s'émeut à l'idée que son mariage pourrait la détourner de son véritable honneur.

L'honneur, elle le sent plus qu'elle ne le connaît, mais elle en a un signe certain, l'estime des Dames de Metz.

Elles sont une dizaine de personnes, la plupart assez vieilles pour avoir vu le siège. Elles ont soigné nos soldats et construit pour nos morts le monument funèbre de Chambières. Elles l'entretiennent et, chaque année, au début de septembre, un matin, y vont suspendre des couronnes. Ces modestes femmes, élevées par nos malheurs, reforment, sans le savoir, une espèce d'aristocratie. Après l'exode des meilleures familles et dans une société découronnée qui voulait revivre, leur confrérie est devenue un des premiers corps messins. Elles remplissent une fonction publique, exercent une autorité morale et maintiennent l'ordre de sentiments sur lequel veut se régler toute véritable Messine. Un profond respect des vainqueurs eux mêmes les enveloppe, et le nom seul des Dames de Metz émeut le passant, à qui l'on raconte cette constance, aussi bien que tous ceux dont la vie s'emmêle aux épreuves de la Lorraine. Leur présidente est Mademoiselle Aubertin, âgée de quatre-vingt-deux ans, que l'on nomme, pour la distinguer des autres Aubertin, Mademoiselle Aubertin la France.

À la veille de livrer ses guirlandes, la pauvre Colette se sent le cœur gros de songer que les Dames de Metz pourraient ne pas saluer Madame Frédéric Asmus.

Le mois d'août s'acheva sous un ciel nuageux et froid. Étés sévères que connaissent bien nos visiteurs et qui semblent élargir l'horizon, tranquilliser, éteindre les choses du dehors, porter toute l'attention sur l'âme. On ne pense pas sous une lumière éclatante ; il y faut des temps de Toussaint ou ces grands jours lorrains, propres au recueillement sinon chargés d'ennui. Le vent, qui fraîchit, au-dessus de nos têtes, dans les arbres, et qui nous gêne éternellement, nous soumet, nous assure de notre sujétion à des puissances invisibles.

Asmus allait revenir, et la jeune fille, toujours irrésolue, attendait un appui de la messe des soldats du siège, pour laquelle son travail s'achevait, car l'inquiétude d'esprit nous dispose à la prière.

Cette cérémonie fameuse, qui, jusqu'à cette heure, n'a rien perdu de son prestige, assombrit et ennoblit, chaque année, dans Metz, les approches de l'automne. Elle a conservé la couleur et le ton que lui avait donnés Monseigneur Dupont des Loges. Dupont des Loges, le successeur des grands évêques debout contre les Barbares ! Il fut, après 1870, la voix et l'honneur de Metz, son chef spirituel, et, dans son malheur, la province rhénane aime l'avoir reçu de la Bretagne celtique.

Le 7 septembre 1871, quatre mois après le traité de Francfort, la ville, encore pleine de sa population française, mais prosternée dans la douleur et qui paraissait morte, se leva, d'un seul mouvement, à huit heures et demie du matin. Aux appels du glas de la cathédrale, les quarante mille Messins s'en allèrent dans leurs maisons de prière, ceux-ci chanter à la cathédrale la messe des morts, ceux-là réciter au temple le cantique de l'exil de Babylone, et ces autres à la synagogue leurs psaumes de deuil. Puis, tous les clochers de la ville sonnant, ils se rangèrent, place d'Armes, derrière leurs prêtres et leurs magistrats, et se rendirent, la croix catholique en tête, au milieu de la stupeur des Allemands, à Chambières, devant le monument que les femmes de Metz offraient aux soldats français morts dans les batailles du siège. « Ombres généreuses et chères, ne craignez pas un désolant oubli. »

Ainsi parla le maire. L'évêque rappela que saint Paul défend de désespérer. Et par trois fois, il entonna le Parce domine, tandis que la foule, à genoux, en pleurant, acclamait la France.

Cette foule, les départs l'ont terriblement diminuée, mais ceux qui restent savent que c'est leur devoir d'assister à la commémoration funèbre de septembre.

Les dames Baudoche mettaient leurs vêtements de deuil quand M. Asmus se présenta vingt-quatre heures plus tôt qu'il n'était attendu.

Son allure respirait une joyeuse confiance, l'enchantement d'un ours qui va manger du miel, en même temps qu'une réelle bonté. Il était en redingote ; et il expliqua, comme une grande délicatesse, qu'il était descendu cette nuit à l'hôtel, pour leur faire la surprise de les accompagner, ce matin, à la messe de la cathédrale. C'était dire qu'il n'entendait gêner aucun des souvenirs de ces dames, et que, si Colette devenait sa femme, toute la Lorraine s'incorporerait à leur vie de famille.

Sa présence gênait les deux femmes, autant que son intention les touchait. Cependant elles ne firent paraître que leur gratitude ; et tous trois, ils gagnèrent les escaliers de la haute basilique, sur laquelle le soleil après tant de journées de pluie, mettait la couleur des mirabelles.

Cinq ou six voitures débarquaient au perron de petits châtelains, venus de la campagne, et quelques enfants traversaient la place d'Armes avec des bouquets. La cathédrale, à l'intérieur, ruisselait de clarté.

Les vitraux du chœur, bleu de roi, bleu de France et vert mêlé de jaune, font face à la rose du portail qui fleurit en réséda fané, et le transept rayonne des belles dames du seizième siècle qu'a créées Valentin Busch. À voir la nef légère, où la plus fine armature soutient ces portes de lummière, il semble que Metz ait voulu dresser un symbole de sa loyauté. Monseigneur

Dupont des Loges invoque sur son testament l'ange de la cathédrale de Metz. Cet ange lumineux et qui plane sans bruit, je crois l'avoir vu errer sur les brumes de la rivière. Grâce à lui, cette basilique fière, délicate et sereine, s'accorde avec les rives mosellanes. L'atmosphère y est favorable à tous les sentiments nés du sol messin. Depuis trente-huit ans, ses cérémonies fournissent aux indigènes la seule occasion de se rassembler, de sentir et de penser ensemble. Elle s'est accrue des malheurs de la cité, et son vaisseau qui brille au-dessus de la campagne paraît, dans le désastre lorrain, la maison de refuge du patriotisme.

Les deux femmes suivies d'Asmus vont s'asseoir au bas de l'immense nef toute tendue de noir. Au milieu s'élève et flamboie le catafalque chargé de fleurs. Quinze cents personnes ont répondu à l'appel : des hommes de toutes les conditions et même quelques juifs menés par le sentiment le plus respectable ; des femmes en grand nombre, uniformément vêtues de deuil ; beaucoup d'enfants, pauvres ou riches, qui bâillent mais n'oublieront pas : tout l'excellent, toute l'âme de Metz prête à se laisser soulever.

Pour ces Messins, depuis trente-sept ans, il n'est pas de meilleur plaisir que de dresser les monuments du souvenir sur tous les plateaux du pays, ni de souci plus jaloux que de protéger leur cathédrale. Chacun d'eux recueille les moindres épaves des champs de bataille, s'attache à l'entretien des ossuaires, surveille avec inquiétude les entreprises, les menées des vainqueurs protestants autour de la vieille basilique, et veut qu'elle demeure dédiée au dieu des Messins. Voilà leur piété, voilà leur fierté ! Au fond de ces cœurs vivent toujours les idées qui inspirèrent les deux plus grandes fêtes du moyen âge catholique : la fête en l'honneur des saintes Reliques et celle pour la Dédicace de l'église. Avec quelle amitié minutieuse, nos pères, jadis, consacraient chaque partie du bel édifice ! De quelle vénération, enthousiaste et confiante, ils entouraient les moindres restes des martyrs, des héros. Aujourd'hui, ces deux grandes idées ne sont plus comprises qu'imparfaitement ; on les délaisse, mais sous la cendre qui les recouvre, le moindre souffle les ravive. Elles composent peut-être la religion naturelle de notre race, ce qui s'éveille dans la partie mystérieuse de chacun de nous et qui nous réunit, les uns les autres, au choc d'une émotion de douleur ou de joie. Ces nobles revenantes, ces pensées éternelles animent, ce matin, la foule.

L'orgue est petit, les chanteurs lointains, et le groupe des prêtres en deuil se perd dans la pénombre de l'abside. L'évêque, d'une race étrangère, mais d'un cœur noble, est prosterné sur son trône violet. Chacun s'incline, la messe vient de commencer, et l'officiant nomme ceux pour qui l'on va célébrer l'office. « Aujourd'hui, nous faisons mémoire des soldats français tombés dans les batailles sous Metz. »

Cette formule consacrée est soutenue, appuyée, doublée du vœu pressant de toute l'assemblée. Véritable évocation ! Les morts se lèvent de leurs sillons ; ils accourent des tragiques plateaux, de Borny, Gravelotte, Saint-Privat, Servigny, Peltre et Ladonchamp… On les accueille avec vénération. Ils ont défendu la cité et la protègent encore ; leur mémoire empêche qu'on méprise Metz.

La présence de ces ombres tutélaires dispose chacun à se remémorer l'histoire de son foyer. Celui-ci songe à ses parents, dont la vieillesse fut désolée ; cet autre à ses fils partis ; cet autre encore à sa fortune diminuée. Et le chef de famille, s'adressant à son père disparu, murmure : « Vois, nous sommes tous là, et le plus jeune, que tu n'as pas connu, pense comme tu pensais. »

Ainsi chacun rêve à sa guise… Mais s'ils sont venus, ces Messins, dans la maison de l'Éternel, c'est d'instinct pour s'accoter à quelque chose qui ne meurt pas. Il leur faut une pensée qui les rassemble et les rassure. Le prêtre donne lecture de l'Épître. Admirable morceau de circonstance, car il raconte l'histoire des Macchabées, qui moururent en combattant pour leur pays et que Dieu accueillit, parce qu'ils avaient accepté le sommeil de la mort avec héroïsme. C'est le texte le plus ancien et le plus précis où s'affirme la doctrine de l'Église sur les morts. Une grande idée la commande, c'est qu'ils ressusciteront un jour… Honorons leurs reliques, puisqu'elles revivront ;

conduisons-nous de manière à leur plaire, puis qu'ils nous surveillent, et sachons qu'il dépend de nous d'abréger leurs peines.

Ces vieilles croyances communiquent à tout l'office des morts son caractère de tristesse douce et de mélancolie mêlée d'espérance. Une musique s'insinue dans les cœurs. Des appels incessants s'élèvent pour que des êtres chers obtiennent leur sommeil. Les traits rapides et pénétrants que le moyen âge appelait les larmes des saints, et ces vieilles cantilènes, qui faisaient pleurer Jean-Jacques à Saint Sulpice, n'ont rien perdu de leur puissance pour détendre les âmes. Les regards ne peuvent se détacher des lumières du cercueil. Quoi ! cette douloureuse armée est devenue une centaine de vives flammes sur les fleurs d'un catafalque ! « Vita mutatur non tollitur » chantera bientôt l'office. « Les morts ne sont plus comme nous, mais ils sont encore parmi nous. » Quel repos, quelle plénitude apaisée !

Soudain, voici qu'au milieu de ces pensées consolantes, éclate le Dies iræ. Mélodie de crainte et de terreur, poème farouche, il surgit dans cet ensemble liturgique, si doux et si nuancé ; il prophétise les jours de la colère à venir, mais en même temps il renouvelle les sombres semaines du siège. Son éclat aide cette messe à exprimer complètement ces âmes messines, dont les années ont pu calmer la surface, mais au fond desquelles subsiste la première horreur de la capitulation.

« Jour de colère, jour de larmes… » Qui pourrait retenir ces fidèles de trouver un sens multiple et leur propre image sous la buée de ces proses ? Depuis les siècles, chacun interprète les beaux accents latins. « Juge vengeur et juste, accordez-moi remise… Délivrez-nous du lac profond où nous avons glissé ; délivrez-nous de la gueule du lion ; que le Tartare ne nous absorbe pas ; que nous ne tombions pas dans la nuit… » Cette nuit, pour les gens de Metz, signifie une dure vie sous le joug allemand, loin des douceurs et des lumières de la France, et pour eux l'idée de résurrection se double d'un rêve de revanche. Ils enrichissent de tout leur patriotisme une liturgie déjà si pleine.

Ces longues supplications, d'une beauté triste et persuasive, ces espérances, où la crainte et la douleur s'évadent parfois en tumulte, recréent au ras du sol, sous cette voûte où palpitent les ombres, l'émotion des premiers chrétiens aux catacombes. Une religion se recompose dans cette foule en deuil, une foi municipale et catholique. Ces Messins croient assister à la messe de leur civilisation. Ils forment une communauté, liée par ses souvenirs et par ses plaintes, et chacun d'eux sent qu'il s'augmente de l'agrandissement de tous. Cette magnanimité qu'ils voudraient produire dans des actes sublimes, ils en témoignent jusque dans les détails familiers de cette matinée. Avec quelle vénération, tous s'inclinent devant les Dames de Metz, qui sollicitent et tendent une bourse au large ruban noir pour l'entretien des tombes ! La cathédrale est pleine des émotions les plus vraies, sans rien de théâtral.

Au bas de l'église, Colette à genoux, entre son Allemand et sa grand'mère, subit en pleurant toutes les puissances de cette solennité. Elle ne leur oppose aucun raisonnement. Elle repose, elle baigne dans les grandes idées qui mettent en émoi tout le fond religieux de notre race. Durant un mois, elle s'est demandé : « Après trente-cinq ans, est-il excusable d'épouser un Allemand ? » Mais aujourd'hui, trêve de dialectique : elle voit bien que le temps écoulé ne fait pas une excuse et que les trente-cinq années ne sont que le trop long délai depuis lequel les héros attendent une réparation. Leurs ombres l'effleurent, la surveillent. Osera-t-elle les décevoir, leur faire injure, les renier ? Cette cathédrale, ces chants, ces notables, tout ce vaste appareil ébranle la pauvre fille, mais par-dessus tout la présence des trépassés. Colette reconnaît l'impossibilité de transiger avec ces morts qui sont là présents.

M. Asmus est à mille lieues de ces délicatesses. Il revient de Kœnigsberg, heureux de s'être délié de sa fiancée. Au son de la musique liturgique, il rêve de plaisirs, et, en examinant cette belle société, qu'il trouve un peu triste, il se voit déjà monté en grade. Son allégresse intérieure fait un étrange mariage avec les scrupules de la jeune fille. Cela rappelle les déchants que les vieilles écoles de musique messine, jadis si fameuses, avaient mis en vogue dans cette cathédrale. On raconte qu'alors qu'un chantre faisait entendre les graves paroles de l'office l'autre entonnait une mélodie mondaine, populaire, comme l'était par exemple : « Long le rieu de la fontaine. »

Pourtant ce frivole Asmus, au moment de l'absoute, quand les cloches commencent à sonner et que les prêtres viennent se ranger autour du catafalque flamboyant, observe que Colette a essuyé ses larmes et que son visage resplendit de force. Il s'effraye en devinant chez la jeune fille une sorte d'enthousiasme, dont il ne peut pas espérer d'être l'objet.

Celle-ci, à la chaleur de cette cérémonie, distingue ce qui reposait de plus caché pour elle-même dans son âme. Ce qui s'épanouit sur cette humble tige et au cœur de cette simple, c'est le sentiment religieux, avec la nuance proprement locale, c'est la fleur messine. Colette, maintenant, perçoit avec une joyeuse allégresse qu'entre elle et M. Asmus, ce n'est pas une question personnelle, mais une question française. Elle se sent chargée d'une grande dignité, soulevée vers quelque chose de plus vaste, de plus haut et de plus constant que sa modeste personne.

Elle quitte l'église avec légèreté, entraînant sa grand'mère et le professeur, et dès le seuil, au milieu de l'assemblée qui s'écoule, sur un trottoir de la place d'Armes, tout impatiente de se déclarer, elle se tourne vers le jeune Allemand… Déjà un grand nombre de fidèles retournent à leurs affaires, tandis que des petits groupes se dirigent vers Chambières. Encore quelques minutes, et ces serviteurs de l'idéal auront tous repris leur niveau d'âme, en même temps que Fabert et la cathédrale leur demi-solitude. Mais cette fête des morts n'aura pas été une excitation sans effet.

– Monsieur le docteur, dit la jeune fille, je ne peux pas vous épouser. Je vous estime, je vous garderai une grande amitié ; je vous remercie pour le bien que vous pensez de nous. Ne m'en veuillez pas.

Asmus s'est congestionné jusqu'au rouge sang de bœuf, à mesure que la jeune fille articulait ces mots, d'un ton ferme et toute rayonnante de sa victoire sur ce qui l'aurait amoindrie. Madame Baudoche, qu'il invoque d'un regard, ne le voit même pas ; sans souci de la foule, elle embrasse Colette. Le Prussien s'incline sèchement, et s'éloigne ; il va réfléchir, des mois et des mois, pour savoir s'il doit admirer ou détester cette réponse.

Que voulez-vous, mon cher Monsieur Frédéric Asmus, vous êtes une victime de la guerre. Votre naïve impétuosité n'avait pas tort de céder à l'attrait de cette terre lorraine, qui désire refaire avec ceux qu'elle attire ceux qu'elle a perdus ; tout semblait propice à ce rêve pacifique ; mais une jeune fille a choisi la voie que lui assigne l'honneur à la française.

… Rentre, Colette, avec ta grand'mère, dans votre appartement du quai sur la Moselle. Inconnue à tous et peut-être à toi-même, demeure courageuse et mesurée, bienveillante et moqueuse, avisée, loyale, toute claire. Persévère à soigner les tombes, et garde toujours le pur langage de ta nation. Qu'elle continue à s'exhaler de tous tes mouvements, cette fidélité qui n'est pas un vain mot sur tes lèvres. Petite fille de mon pays, je n'ai même pas dit que tu fusses belle, et pourtant, si j'ai su être vrai, direct, plusieurs t'aimeront, je crois, à l'égal de celles qu'une aventure d'amour immortalisa. Non loin de Clorinde et des fameuses guerrières, mais plus semblable à quelque religieuse sacrifiée dans un cloître, tu crées une poésie, toi qui sais protéger ton âme et maintenir son reflet sur les choses… Nous, cependant, acceptons-nous qu'une vive image de Metz subisse les constantes atteintes qui doivent à la longue l'effacer ? Et suffira-t-il à notre immobile sympathie d'admirer de loin un geste qui nous appelle ?